우리의 인생을 찬란하게 하는 25가지 단어

우아한 단어들

김애자 지음

대경북스

우아한 단어들

1판 1쇄 인쇄 2025년 3월 20일
1판 1쇄 발행 2025년 3월 25일

지은이 김애자

발행인 김영대
펴낸 곳 대경북스
등록번호 제 1-1003호
주소 서울시 강동구 천중로42길 45(길동 379-15) 2F
전화 (02)485-1988, 485-2586~87
팩스 (02)485-1488
홈페이지 http://www.dkbooks.co.kr
e-mail dkbooks@chol.com

ISBN 979-11-7168-087-0 03810

들 어 가 는 글

남은 인생 또한 우아해질 거라고요

모든 위대한 것들은 단순하며 많은 것이 한 단어로 표현될
수 있다. 그것은 자유, 정의, 명예, 의무, 자비, 희망이다.

윈스턴 처칠

'고상하고 기품이 있으며 아름답다.'

'우아하다'의 사전적 정의입니다.

인생사 전부가 우아할 수는 없지만, 내가 어떤 선택을 하느
냐에 따라 우아한 인생이었다 말할 수 있을 거예요. 인생의 우
아함을 표현할 수 있는 좋은 도구가 '단어'이고요.

죽기 전, 개인저서를 꼭 출간하고 싶었습니다. 글쎄요. 그럴

싸한 이유는 없어요. 사람과 삶을 기록하고 싶은 마음, 누구나 가지고 있는 본능 중 하나가 아닐까 싶습니다. 기록하고 기억하고 기억되기.

그리고 독자들께도 마음을 나누어 드리고 싶었어요. 우리네 인생은 우아하다고 그리고 내 인생의 가치 있는 단어들을 찾아보자고요. 그러면 남은 인생 또한 우아해질 거라고요.

그래서 저는, 제 인생에서 소중히 여기는 단어들을 소중한 기억과 연결하여 글을 쓰게 되었고 《우아한 단어들》이라는 제목이 탄생했습니다.

1장은 사랑하는 저의 사람들과의 추억을 감정 단어와 연결하여 글을 써 보았습니다. 하나님께서 허락해주신 모든 감정이 소중하다는 것을 알게 되었어요. 그리고 저에게 허락해주신 사람들을 떠올리며 웃음 짓고 눈물지을 수 있는 것 또한 축복임에 감사합니다.

독자 여러분도 소중한 한 사람을 떠올리며 그 사람에게 어울리는 감정 단어를 생각해 보세요. 그리고 추억과 감정을 토닥여 주시면 어떨까요?

2장은 인생의 소중한 추억들을 떠올리며 가치 단어와 연결하여 글을 썼답니다. 내가 걸어온 인생의 모든 여정 가운데 하나님은 늘 함께하셨고 나에게 꿈과 희망을 포기하지 않도록 이끌어 주셨습니다.

독자 여러분도 인생에서 소중한 추억들을 떠올리며 가치 단어로 연결해 보세요. 그리고 그 추억들을 회상하며 스스로를 위로해 주는 시간을 가져 보기를 희망합니다.

3장은 유아교육 현장에서 교사로 원장으로 30년간 길을 걸어오면서 아이들과 함께 한 추억들을 떠올려 본 글입니다. 그리고 지금 이 순간도 아이들의 환한 미소와 웃음 속에서 매일의 삶을 행복으로 채워가고 있어요. 오늘도 나에게 행복을 꿈꾸게 해 준 아이들에게 감사하는 마음을 담아 '해피아이'와의 추억을 글로 남겨보았습니다. 함께 해 준 선생님들께 감사의 마음을 전합니다.

지금 나에게 주어진 삶에 감사함을 표현할 수 있는 사람은 누구인지 떠올려 볼까요? 그리고 그 사람에게 감사의 마음을 전하는 편지 한 장 써 보신다면, 올 한 해가 더 행복해지실 겁니다.

4장은 살아온 인생을 돌아보며 아쉬움으로 남게 된 수많은 시간을 생각해 본 챕터입니다. 그리고 내가 걸어가야 할 인생의 길에서 이루어지기를 소망하는 것들을 기록했어요.

내가 걸어온 인생길을 돌아보며 남기고 싶은 것들이 있다는 것, 축복입니다. 이 글을 읽고 있는 여러분도 한 번뿐인 인생에서 꼭 이루고 싶은 소망 한 가지를 떠올려 보시길요.

인생을 살아오면서 아름다운 추억을 남겨준 고마운 분들을 회상하며 글을 쓸 수 있음에 감사합니다. 글을 쓸 수 있도록 격려와 지원으로 힘이 되어 준 남편에게 감사해요. '해피아이 어린이집' 아이들의 발달 사례를 통해 독자들에게 유익한 시간을 선물해 준 해피아이 교사들에게도 감사의 마음을 전합니다. 마지막으로 《우아한 단어들》 책이 완성될 수 있도록 훌륭한 멘토가 되어주신 백미정 작가님께 감사드립니다.

인생을 살아오면서 아프고 힘든 시절이 많았습니다. 그때마다 열정, 인내, 긍정의 마음으로 성실하게 살아온 나 자신을 토닥여 주고 싶어요. 삶의 고비들 속에서도 항상 하나님이 함께하신다는 믿음으로 인생의 소중한 시간들을 잘 살아냈기에 지금은 흐뭇한 미소를 지을 수 있습니다.

삶의 열정과 끈기가 마음 근육을 단련시켜 주었기에 인생의 황혼기에 접어든 지금도 식지 않은 열정으로 살아가고 있습니다. 앞으로도 유아교육 발전에 헌신하는 원장으로서, 글을 쓰는 작가로서, 최선을 다하며 저의 삶을 이어갈 것입니다.

저의 글을 선택해 주신 독자 여러분, 감사합니다. 멋진 삶을 살아가실 독자 여러분의 우아한 미래를 진심으로 응원드립니다.

2025년 봄을 기다리며,
김애자

차 례

제2장 가치

제3장 해피아이

제4장 여자들

제1장

사랑

울컥 : '우리 애자'가 아버님께

'울컥'아, 안녕!

촛불처럼 유한한 너를 생각하면 우리 아버님이 떠오른단다.

큰 며느리인 나를 남달리 예뻐해 주시고 내가 부탁하면 어떤 말이든 거절하지 않고 들어주시는 우리 아버님을 생각하면서, 오늘도 나는 고맙고 감사함에 울컥한단다.

'며느리 사랑은 시아버지'라고 했던가!

35년 전 어느 날, 지금의 남편과 연애시절에 아버님께 인사를 갔었지. 하얀색 옷을 입고 아버님을 처음 뵙던 날, 아버님은 환한 미소로 반갑게 나를 맞이해 주셨지.

나중에 남편한테 들은 얘기인데 처음 인사 가던 날, 백옥처럼 새하얀 옷을 입고 아버님 앞에 나타난 나를 보고 "하늘에서 천사가 내려온 줄 알았다."고 말씀 하시더란다.

아버님은 항상 나를 보면 환한 미소로 반겨주셨고, 전화 통화할 때는 '우리 애자'라고 부르면서 반가움을 표현해 주셨어.

아버님은 항상 나를 믿어주고 예뻐하셨어. 내 말이라면 어떤 말이든 잘 들어주는 분이셨지. 그 중에서 한 가지만 울컥이 너한테 소개하고 싶은데 허락해 주겠니?

작은 상가 2층에서 어린이집을 운영하다가 단독건물을 신축했어. 어린이집을 옮기려고 험지 산을 매입해서 공사를 하게 되었단다.

그때가 2003년도였지.

형편이 여의치 않은 가운데 하나님께 매달려 기도하면서 무모하게 어린이집 공사를 시작했어. 중도에 공사대금이 바닥나서 더 이상 공사를 진행할 수 없다는 통보를 건축업자로부터 받게 되었어.

살고 있는 집과 땅을 담보 잡아서 대출을 최대한 다 받은 상태라 더 이상 대출을 받을 수도 없었어. 주변에 돈을 빌릴 수 있는 사람도 없었고 말이야. 남편은 밤잠을 못 이루고 고민했지만 뾰족한 방법이 없었지.

아버님도 시골에서 농사일을 하셨기 때문에 경제적 여유는 없으셨어. 힘들어 하는 남편을 지켜보는 나도 사방팔방으로 알아보면서 돈을 빌려보려고 애를 썼지만 돈을 빌려주겠다는 사람은 없었단다. 그렇다고 공사를 중단할 수도 없는 상황이라 발을 동동 구르면서 문제가 해결되지 않는 상황에서 우리 부부는 애가 타들어 갔지.

그러던 중 나는 아버님께 이 사정을 얘기해봐야겠다는 생각을 하게 되었어.

"아버님께 부탁을 해 봅시다."라고 남편에게 말하자 남편은 그런 소리는 꺼내지도 말라면서 나를 타박했었지. 말해봤자 소용없는 일이라고, 오히려 아버님이 화만 내실 거니까 말씀드리면 안 된다고 나를 만류했지. 남편이 생각하는 아버님은 엄하고 무서운 분이셨거든.

하지만 내가 생각하는 아버님은 너무나 자상하고 좋은 분이셨어. 그래서 나는 아버님께 공사가 중단된 사정을 모두 말씀드리고 공사를 이어가기 위해서는 당장 1억 원이 필요하다고 말씀드렸지.

그랬더니 아버님은 잔소리 한마디 안하시고 고민도 안하시고 "알았다."라고 하시면서 다음날 근처 농협에 가서 대출을 받아 나에게 1억을 보내주셨단다.

아버님은 어렵게 대출을 받아서 1억 원이라는 큰 돈을 한 번에 보내주셨어.

그때 느꼈던 감사함과 감동은 내가 무덤에 가는 그날까지 잊을 수 없는 큰 마음이었어.

우리 부부는 아버님이 보내주신 돈으로 어린이집 건축을 다시 시작할 수 있게 되었어. 그리고 현재 우리가 운영하고 있는 어린이집 건물을 완공할 수 있었어.

아버님 덕분에 육십이 넘은 지금까지 어린이집을 운영하면서 너무나 소중하고 예쁜 천사들과 행복한 날들을 보내면서 나의 꿈을 이뤄가고 있단다.

울컥아! 그렇게 고맙고 사랑 많고 인자하신 우리 아버님이 지금 많이 편찮으시단다. 치매 진단을 받아서 가끔씩 정신을 잃기도 하셔. 92살 되신 아버님의 촛불 같은 모습에 내 마음도 많이 슬퍼.

지난 추석, 아버님을 뵈러 갔는데 아버님은 너무나 많이 여의셨고 앉아 있기조차 힘든 모습으로 우리 부부를 맞이해 주셨어. 짧은 명절 연휴기간이었지만 언제 떠날지 모르는 아버님 곁에서 잠시라도 함께하는 시간이 나는 너무나 행복했단다.

명절 연휴가 끝나고 집에 돌아오려고 아버님과 인사를 나누는데 아버님이 내 손을 잡으셨어. 너무나 슬프게 소리 내어 우시며 눈물을 주룩주룩 흘리셨어.

그런 아버님 모습을 보면서 나도 함께 울고 또 울었단다.

울컥아, 한번 인연을 맺은 사람들끼리 이별의 아픔 없이 영원히 함께하는 세상은 없을까? 그런 세상이 있으면 참 좋겠다. 그치?

병세가 더 악화되어 오늘 내일 하면서 하늘나라에 가시는 날을 기다리고 있어. 글을 쓰는 지금도 아버님 생각에 울컥하는구나! 지금 쓰고 있는 이 글이 책으로 나오기 전에 하늘나라에 가시면 어떡하지?

울컥아!

우리 아버님께 전해줄래?

아버님이 나한테 베풀어준 사랑에 비교할 수는 없지만 큰며느리 '애자'가 아버님을 너무너무 사랑한다고 말이야. 그리고

아버님의 며느리여서 너무나 행복했다고, 이 다음에 하늘나라
에 가면 그때도 아버님의 며느리로 살고 싶다고 꼭 전해주렴.

아버님,
어떤 말로도 제 마음을 다 표현할 수는 없겠지만,
감사해요!
고마워요!
사랑해요!

2

따스함: 죽음을 맞이하는 그 날까지

'따스함'아, 안녕!

너를 생각하면 어릴 적 엄마와의 추억이 파노라마처럼 떠오른단다. 지금부터 너와 함께 어릴 적 추억 여행을 떠나려고 해. 괜찮지?

아버지는 면사무소에 다니는 공무원이셨어. 직급은 산업계장이었고. 집에 식모와 일꾼이 있을 만큼 가정 형편이 비교적 부유했어.

그런데 할아버지가 동네 사람들 빚보증을 많이 서주셨대. 할아버지가 보증 서준 동네 사람들이 그 빚을 갚지 못하자 대신 갚아줘야 했어. 모든 재산은 보증 선 빚을 갚기 위해 사용했고, 결국엔 우리가 살던 집마저 다른 사람의 손에 넘어가게 되었단다.

아버지는 돈이 없어서 겨우 작은 집 하나를 마련해서 그 집으로 이사를 하게 되었지. 엄마, 아빠, 나, 동생 두 명. 우리 가족은 이렇게 한 방에서 다섯 명이 비좁게 자야 했어.

갑자기 가정 형편이 어려워지자 아버지는 화병이 나서서 날마다 술로 세월을 보내기 시작했어. 술을 많이 마실 때는 길바닥에 누워서 우리가 아버지를 집에 모시고 와야 할 정도였단다.

여느 날과 다름없이 술을 잔뜩 마시고 집에 오던 아버지가, 길가에 있는 깊은 도랑으로 빠져서 다리를 크게 다치게 되었어. 그때부터 한쪽 다리를 평생 절룩거리셨단다. 그 후로도 아버지는 술을 마시고 집에 들어오시는 날은 항상 엄마를 힘들게 하고 손찌검까지 하셨지.

엄마는 내 바로 위에 오빠를 출산하면서 죽을 고비를 넘기고, 그때부터 몸이 안 좋아 지셨다고 해. 밤에는 몸이 아파서 끙끙 앓는 소리를 내고 낮에는 일터로 나가야 했지. 나는 그런 엄마가 한없이 가여웠단다.

초등학교 시절, 도시락을 깜빡 빠뜨리고 학교에 갔던 날이 있어. 학교는 집에서 걸어서 40분이 걸리는 먼 곳에 있었는데 엄마는 학교까지 와서 점심 도시락을 주고 가셨어.

또 가정형편이 어려워서 육성회비를 못 내고 교무실에 불려 간 적이 있었어. 그게 너무 창피하고 싫어서 엄마한테 빨리 육성회비 달라고 떼를 쓰고 울었지. 엄마는 울고 있는 나를 보며 혼 한번 내지 않고 친척집에 가서 돈을 빌려다 주셨지.

엄마의 자존심 같은 건 생각하지 않고 오직 내 생각만 하셨단다.

엄마는 학교에서 공부를 마치고 집에 돌아온 나를 항상 반갑게 맞이해 주셨지.

학교에서 돌아 왔을 때 엄마가 집에 계시는 날이 나에게는 가장 행복한 날이었단다.

마루에 앉아있는 엄마의 무릎을 베게 삼아 누워서 엄마랑 다정하게 얘기도 하고, 학교에서 배운 노래를 불러주기도 했지. 그럴 때마다 엄마는 "우리 딸 노래 잘한다."라고 하시면서 칭찬해 주셨어. 엄마와의 행복한 시간에 나는 동화 속 주인공이 되어 있었단다.

나는 그런 엄마가 너무 좋았어.

예쁜 옷, 신발을 유난히 좋아하는 나를 위해, 5일장이 서는 날엔 엄마는 장에 가서 옷과 신발을 사다 주곤 하셨어. 내가 좋아하는 예쁜 걸로 말야. 엄마는 항상 따스한 사랑을 주셨어.

그러던 어느 날, 엄마는 뇌출혈로 갑자기 쓰러지셨단다. 그때 엄마의 나이, 62살이셨지. 한 달 동안 입원 치료를 받고 일상생활을 할 수 있게 되었어. 약을 꾸준히 먹어야 한다는 의사 선생님의 당부가 있었는데 가정 형편이 어려운 엄마는 매달 약값을 감당하는 게 쉽지 않았어. 그래서 약을 먹지 못했어.

그렇게 1년이 지나, 뇌출혈이 재발해서 다시 쓰러지셨단다. 이번에는 일어설 수조차 없게 된 거야. 침도 맞고 온갖 민간요법도 써봤지만 병세는 점점 악화되어 엄마는 63살이라는 나이에 돌아가셨단다.

그 때 내 나이 23살, 엄마는 나에게 돈 벌어 효도할 기회조차 주지 않고 나와 이별을 하게 된 거지. 엄마와의 이별은 나에게 너무나 큰 슬픔이고 아픔이었단다.

지금은 하늘나라에 계시는 사랑하는 나의 엄마!

그 곳 하늘나라에서는 건강하게 지내고 계신 거죠? 애자는 엄마 딸로 태어나서 따스한 사랑을 받기만 하고 보답하지 못했는데, 세상 삶이 너무 고달파 그리도 빨리 떠나셨나요? 죽음을 맞이하는 그날까지, 엄마는 내 마음속 깊은 곳에 항상 나와 함께 있을 거예요.

이 다음에 하늘나라에서 엄마를 만나면 그때는 효도할 기회를 꼭 주셔야 해요. 엄마 딸 애자는 엄마의 따스한 사랑을 본받아서 이 땅에 사는 동안 소외되고 어려운 이웃에게 내가 가진 것으로 사랑을 베풀고 나누면서 살 거예요.

나에게 따스한 사랑을 가르쳐준 엄마,

많이 많이 사랑해요!

3

대견함: 나의 마음을 전해 주겠니?

나의 대견함에게

대견함아, 너를 닮은 아이 얘기를 들려주려고 해. 나의 얘기
를 들어 주겠니?

응애, 응애.

어느 날 귀여운 아기가 태어났어. 아이를 출산한 후 엄마는
허리, 다리가 많이 아파 일어서서 걸을 수가 없었대. 일상생활
이 어려울 정도로 많이 아파했단다.

아기가 태어난 지 5일 만에 처음으로 아기에게 모유를 먹여보려고 시도했지만 모유는 한 방울도 나오지 않았어. 아기는 평생 한 번밖에 누릴 수 없는, 엄마 품에 안겨 모유를 먹으며 엄마와 교감하는 행복을 경험하지 못했지.

엄마는 아기에게 이유식 한번 제대로 만들어주지 못했단다. 지금은 다양한 이유식들이 시중에 나와서 언제든 사서 먹일 수 있지만 그때는 그럴 수 없었어. 집에서 만들어야만 먹일 수 있었단다. 너를 닮은 아기는 보통 아이들이 이 시기에 받을 수 있는 엄마의 사랑을 받지 못하고 자랐어.

엄마는 아기와 잘 놀아주지도 못했어. 아기는 늘 혼자 놀아야 했지. 이천 원짜리 조립하는 장난감을 사주면 그걸 직접 조립해서 하루 종일 가지고 놀았단다. 엄마한테 같이 놀아달라고 떼를 쓰지도 않았고, 놀이터에 나가서 놀자고 조르지도 않았어. 어렸지만 엄마가 몸이 아프다는 것을 알고 항상 혼자 조용히 놀았지.

아기 엄마는 아는 사람의 소개로 치유 은사가 있는 목사님을 만났어. 그 목사님으로부터 영과 육의 치유도 받고, 삶에도 변화가 나타나기 시작했지.

우여곡절도 있었지만 그때마다 기도해주시는 목사님이 계셨고, 체험을 통해 하나님을 새롭게 만난 아기 엄마는 모든 문제를 하나님께 맡기고 믿음으로 열심히 기도했단다. 그로 인해 하나님의 도우심으로 많은 문제를 해결 받는 기적도 체험하게 되었지.

아이는 성장하면서 엄마 마음을 아프게 한다거나 힘들게 한 적이 한 번도 없었단다. 아이는 다른 사람을 생각하고 배려하는 마음도 컸어. 한 가지 추억을 소개해 줄게. 중학교에 다니고 있던 시절, 가정 형편이 어려워 배고파하는 친구에게 매일같이 우유와 빵을 사다 주었고, 엄마가 힘들어 할 때는 가사 일을 도와주기도 했어. 엄마의 마음을 가장 많이 이해해주는 좋은 친구이기도 했지,

몇 년의 세월이 흐른 후 아이는 고등학교를 졸업하게 되었어. 대학 진학을 앞두고 있을 때였지. 신학 공부를 하면서 영국에 살고 있는 아이의 사촌 형으로부터 연락이 왔어.

대학교를 영국에서 다니는 건 어떻겠냐고 말이야. 아이의 부모님은 좋은 기회라 생각하고 아이와 의논 끝에 영국에서 학교를 다니는 것에 허락하기로 결정을 했어. 성격이 내향적이고

지금까지 집을 떠나서 생활해본 적이 없는 아이였기에 걱정되는 부분도 있었지. 하지만 아이의 부모님은 그 결정에 후회는 없었단다.

아이는 이제 의젓한 청년이 되었어. 영국에서 1년 동안 언어 연수를 받고 좋은 성적으로 청년은 대학교에 합격했어. 보통 언어 연수를 2년 정도 받아야 대학에 합격할 수 있다고 해. 하지만 청년은 1년간의 연수로 당당하게 합격했단다.

청년의 부모님은 아이가 무척 대견하고 기특했어. 공부하면서 힘들었을 텐데 힘들다는 말을 한 번도 한 적이 없었단다. 하지만 1년에 한 번, 여름 방학 때 집에 오면 몸이 야윈 것을 보고 얼마나 힘들었는지 짐작할 수 있었어. 73kg이였던 몸무게가 51kg으로 앙상한 뼈만 남아서 오곤 했으니까.

그 때 청년을 바라보는 엄마의 마음은 아팠어. 그런 힘든 과정을 통해 5년간의 영국 유학 생활을 무사히 마치고 졸업을 하게 되었지.

졸업 하던 날, 청년의 부모님은 처음으로 일상의 분주함을 뒤로 하고 영국에 가서 졸업식에 참석하게 되었어. 졸업식은 성대하게 치러졌지. 유럽 사람들과 어깨를 나란히 해서 졸업하는 청년의 모습을 바라보는 부모는 아들이 너무나 멋지고 자랑스러웠단다.

졸업식을 마친 후에 아들과 함께 유럽 여러 나라를 여행했어. 여행하는 동안 유럽 사람들과 접촉하면서 거리낌 없이 자연스럽게 대화를 나누는 아들의 모습을 보고 부모님은 너무나 흐뭇했단다.

청년은 카투사로 군 복무를 마친 후 싱가폴 대학원에서 석사 과정을 마쳤어. 지금은 원하는 회사 IT 연구직에 입사해서 열심히 직장 생활을 하고 있어. 직장에서도 상사로부터 항상 인정과 신뢰를 받고 있단다. 맡은 일에 최선을 다하는 청년의 모습을 부모님은 항상 자랑스럽게 생각하고 있지.

이번 여름휴가 때 가족여행으로 싱가폴에 갔어. 청년은 관광지 이곳저곳을 안내해주며 가족 모두에게 평생 잊지 못할 소중한 추억을 선물해 주었단다.

청년의 엄마는 아들에게 여러 가지를 말해 주었대.

"지금까지 걸어온 너의 모든 삶에 하나님이 항상 함께 했음을 기억하기 바란다."

"믿음 안에서 말씀 안에서 어떤 일도 해낼 수 있다는 자신감을 가지고 앞으로도 계속 당당하게 살아가기 바란다."

"다른 사람의 입장만 너무 배려하다 보면 자칫 네 마음의 소리는 듣지 못할 수 있으니 네 마음의 소리도 함께 들어주고 토닥여주는 사람이 되기 바란다."

"네가 행복해야 다른 사람의 행복도 돌아볼 수 있는 거란다."

"세상을 살다보면 지금보다 더 힘든 일이 생길 수도 있어. 그때마다 하나님을 의지하고 하나님께 기도하며 열정과 끈기로 모든 일을 지혜롭게 헤쳐 나가기 바란다."

대견함아!

지금까지의 이야기는 너를 닮은 나의 아들 이야기였단다. 나의 사랑하는 아들에게 전해 주겠니?

엄마가 너를 아주 많이 많이 사랑한다고.

미안함: 예쁜 나의 공주에게

미안함에게.

미안함아, 안녕! 너를 생각하며 엄마와 딸의 이야기를 들려주려고 해.

조금만 시간을 내어 내 마음과 함께해 주겠니?

어린 시절 딸은 초롱초롱하고 큰 눈망울을 지닌 예쁜 소녀였단다.

언제나 상냥했고 사람들을 만나면 생글생글 웃는 얼굴로 인사도 잘하는 귀여운 아이였지. 예쁘고 깜찍했던 딸은 유치원 친구들에게 부러움의 대상이었어. 공주 원피스를 좋아하던 딸에게 엄마는 유치원에 갈 때마다 딸이 좋아하는 예쁜 공주원 피스를 입혀 주었단다. 딸의 긴 머리카락을 예쁘게 묶고 형형 색색 끈으로 아름답게 꾸며 주었지. 딸의 예쁜 모습을 볼 때마다 엄마는 너무 좋았어. 딸과 하루하루를 보내는 시간은 엄마에게 커다란 행복이자 기쁨이었단다.

딸은 유치원을 졸업하고 초등학교에 가게 되었어. 초등학교 시절에도 딸을 향한 엄마의 지극한 사랑과 정성은 변함이 없었어. 엄마는 딸을 위해 시간이 날 때마다 학교에 나가 학교나 반에 도움되는 일을 해주곤 했지.

스승의 날이 다가오면 담임 선생님께 정성이 담긴 편지와 함께 촌지도 드리면서 아이를 향한 엄마만의 사랑법을 표현하기도 했지. 요즘은 촌지가 통하지 않는 시대지만, 그때는 교사가 촌지를 받아도 문제가 되지 않는 시절이었거든.

딸은 야무지기도 하고 욕심도 있어서 공부도 잘했어. 그래서 학생회장도 하고 반장, 부반장도 하며 두각을 드러냈단다. 아이 엄마는 그런 딸을 무척 사랑했어. 딸을 위해서라면 어떤 일이든 마다하지 않고 열정을 다했단다.

그러던 어느 날, 그러니까 딸이 초등학교 고학년이 되던 때였지. 남매를 둔 엄마는 두 아이를 보면서 돈을 벌어야겠다는 생각을 하게 되었어. 두 명의 아이를 키우기 위해서는 아빠 혼자 벌어오는 돈으로 감당하기 힘들었거든. 그래서 일을 시작했어. 일을 하다 보니 몸이 지치고 힘들어서 자연스럽게 딸에게 쏟았던 정성과 열정도 줄어들게 되었지.

몇 년 후 딸은 고등학교에 진학했어. 딸이 많이 자랐다고 생각한 엄마는 딸이 엄마 일을 도와주리라 기대했단다. 그래서 딸에게 "너의 교복은 네가 빨아 입고, 방도 깨끗하게 정리해야 한다."라고 말했어. 딸은 엄마의 요구를 받아들이지 못했지. 딸과 엄마는 그 일로 서로에게 상처를 주고받았단다. 딸은 딸대로 힘들어 했고 엄마는 엄마대로 힘든 엄마를 도와주지 않는 딸에게 섭섭했어. 딸도 집에서 학교까지 버스로 30분 걸리는 거리를 매일 오가며 학교생활을 했었거든.

미안함아! 너를 닮은 딸에게 대신 전해 줄래? "그때 네가 힘든 것은 생각하지 못하고 엄마 생각만 해서 미안하다.", "엄마가 너를 이해하고 배려하는 마음이 부족했다."라고 말이야.

그 후로도 엄마는 성년이 된 딸에게 바라는 것들이 있었단다. 마찬가지로 엄마를 도와줬으면 하는 바람이었지. 하지만 딸은 엄마의 생각과는 좀 달랐던 것 같아.

동생이 영국에서 대학교를 다니던 중 여름 방학 때 집에 돌아왔어. 타국에서 잘 챙겨먹지 못하고 공부하느라 앙상하게 뼈만 남아서 왔었지. 엄마는 그런 아들 모습이 너무나 가여웠단다. 그래서 반찬을 많이 만들었는데 일찍 출근하느라 남매가 밥 먹는 모습을 보지 못했어. 엄마는 아들 생각이 나서 딸에게 전화해서 물었지. 동생이 밥을 먹었냐고 말이야. 딸에게는 한마디 말도 없이 동생만 생각하는 엄마에게 딸은 서운한 마음을 많이 가졌단다. 미안함아! 너를 닮은 딸에게 다시 한번 전해줄래? 그 때 엄마 생각이 짧았다고, 우리 예쁜 딸 생각은 안 하고 상처를 줘서 미안하다고 전해주렴.

엄마는 종종 딸이 유약해서 험난한 세상을 잘 살아갈 수 있을지 걱정을 하곤 했단다.

딸은 어느덧 대학을 졸업하고 직장 생활을 하게 되었어. 4년간의 대학생활을 마치고 처음 직장 생활을 시작할 때 엄마는 마음속으로 걱정을 했어.

하지만 걱정과는 달리 딸은 끈기와 인내심이 있고, 책임감이 강한 아이였단다. 비가 오나 눈이 오나 심지어 코로나 19에 걸렸을 때도 마스크를 두 개씩이나 쓰고 하루도 빠짐없이 직장에 나갔어. 열이 나고 몸이 많이 아팠는데 자기가 결근하면

안 된다고 하면서 출근을 했단다. 엄마가 오늘은 제발 쉬라고 만류해도 딸은 고집스럽게도 맡은 책임을 다하기 위해 출근을 했어.

딸은 졸업하자마자 들어간 첫 직장을 지금까지 10년째 다니고 있어. 현재 직장에서 중책을 맡고 있는데 어떤 일이든 척척 잘 해내고 있단다. 미안함아, 이번에도 부탁할게. 엄마가 우리 딸을 너무 과소평가 했다고, 미안하다고, 그리고 기특하고 장하다고, 꼭 전해주렴.

미안함아!

우리 딸은 지난해 겨울 결혼을 해서 지금은 임신 중이란다. 딸은 현재 임신 7개월인데 직장에 결근 한 번 한 적 없고 열심히 직장 생활을 하고 있어. 또 교회에서는 성가대 반주도 하고 절기 때마다 나의 솔로 찬양을 반주해주는 그야말로 타의 추종을 불허하는 실력 있는 반주자란다.

주일날이면 반주로 하나님께 헌신하는 딸의 모습이 기특하지 않니? 너도 우리 예쁜 딸에게 장하고 멋지다고 칭찬해주지 않으련?

미안함아! 이번에도 전해줘.

"엄마가 사랑 표현 많이 못 해줘서 미안하다."

"예쁜 아가 임신한 것 축하한다."

"우리 딸이 너무 대견하고 자랑스럽다."

"예쁜 공주님 출산하면 딸 재롱 보면서 예쁘게 키워."

"항상 행복하기 바란다."

"엄마가 우리 딸 많이 많이 사랑한다."

그리고 사위에게도 전해줘.

"우리 딸 아껴주고 사랑해줘서 고맙다."

"앞으로도 그 마음 변치 말고 언제까지나 아껴주고 사랑해
줘."

"언제까지나 행복하길 바란다."

마지막으로 딸에게 하고 싶은 말이 있구나.

하나님은 우리 인간 개개인을 향한 계획과 섭리가 있기에
분명 너를 향한 계획과 섭리도 있을 거라 믿는다. 항상 하나님
말씀 안에서 어떤 상황 속에서도 하나님을 신뢰하고 의지하며
믿음 안에서 순종하며 살아가기 바란다. '말이 씨가 된다.'는
옛말처럼 긍정, 감사의 언어를 항상 사용하는 거 잊지 말기를.

딸,

다시 한 번 너의 임신을 축하하며, 11월에 태어나는 예쁜 공주님을 우리 함께 환영하며 기쁨으로 맞이하자꾸나.

든든함: 평소에 들려주지 못했던 말

든든함아, 안녕!

오늘은 너에게 너를 닮은 든든한 내 사람과 나의 이야기를 들려주려고 해.

어디서부터 어디까지 이야기를 하게 될까, 조금 떨리기도 하단다.

하지만 진심만을 풀어놓으려 해.

잘 들어줄 거라 믿어.

20대 중반의 청년은 대학원을 다니던 중 휴학계를 내고 영광 원자력 발전소 현장에서 아르바이트를 하고 있었대. 청년은 친구와 함께 친구 누나가 운영하는 피아노 학원 건물에 방 한 칸을 얻어서 자취 생활을 했지. 피아노 학원에는 20대 중반의 아가씨가 날마다 직장을 마치면 피아노를 배우러 왔어. 청년은 그 아가씨가 무척 마음에 들었어.

그날도 여느 때처럼 아가씨가 피아노 수업을 마치고 가는 길이었어. 청년은 아가씨를 만나려고 피아노 수업이 끝나는 시간에 맞추어서 아가씨가 지나가는 큰 길 옆에서 아가씨를 기다렸지. 청년은 아가씨에게 다가가서 말했지.

"저와 함께 차 한 잔 하실까요?"

아가씨는 청년을 바라보았어. 키는 큰 편에 속했고 깡마른 체구에 얼굴은 작고 안경을 쓴 청년이었지. 청년의 외모는 별로 호감 가지 않았지만 왠지 지적인 부분이 있다고 느꼈어.

아가씨가 평소에 생각하는 이상형은 유머 있고 듬직한 체형을 가진 사람이었어. 그런데 청년은 아가씨가 생각하는 이상형의 사람과는 거리가 멀었지.

하지만 아가씨는 진실해 보이고 조금은 지적인 데가 있는 청년을 따라가 찻집에서 차를 마시게 되었단다. 찻집에서 청년은 자신의 꿈을 아가씨에게 말했지. '교단에서 아이들을 가르치는 것이 꿈이다. 그래서 지금은 그 꿈을 이루기 위한 준비를 하고 있다.'라고 말이야.

그날을 계기로 두 사람은 만남을 이어가게 되었단다.

청년은 데이트를 할 때마다 거의 매일 똑같은 옷을 입고 나왔어. 아가씨는 속으로 생각했지. 옷도 잘 안 사 입는 짠돌이라고. 청년은 아가씨가 짐작했던 것처럼 짠돌이였어. 데이트 할 때 돈도 잘 쓰지 않았고 맛있는 것도 잘 사주지 않았지. 그런데다 너무 과묵해서 말도 잘 안하는 청년이었어.

어느 날 두 사람은 약속을 하고 영광 터미널에서 만났어. 광주에 있는 지산유원지에 가기 위해 고속버스에 올랐지. 청년은 창가 쪽에 자리를 잡았고 아가씨는 안쪽에 자리를 잡았어. 영광에서 광주까지는 버스로 50분이 소요되는 거리였어. 청년은 목적지에 도착할 때까지 한 마디 말도 없이 창가에 앉아서 밖만 바라보았지. 아가씨는 그런 청년의 모습이 너무 답답했어. 하지만 그런 일로 절교 선언을 할 수는 없었단다.

나중에 아가씨가 살던 동네 사람으로부터 들은 바에 의하면 아가씨가 예뻐서 나이 많은 청년이 아가씨를 낚아채 갔다는 소문이 돌았대. 하지만 그 소문은 사실이 아니었단다. 시골 동네 아주머니들이 정확하지 않은 이야기를 진실인 것마냥 퍼뜨

린 거지. 실제로 두 사람 나이는 1살 차이였는데 말이야. 청년의 얼굴이 나이가 많아 보여서 그런 소문이 났던 것 같아.

그 후 둘은 3년간의 만남을 이어가다 1989년도, 그러니까 '88 올림픽이 있던 이듬해에 결혼식을 올리게 되었어.

청년은 결혼 후에도 자기가 생각했던 교사의 꿈을 이루기 위해 다방면으로 알아보고 문을 두드렸지만 꿈은 쉽게 이루어지지 않았지. 어쩔 수 없이 청년은 자신이 원했던 꿈을 포기하고 중견기업에 취직해서 직장 생활을 하게 되었단다.

두 사람은 결혼 생활을 하면서 서로 다른 성격 때문에 다툴 때도 많았지.

아내는 장난도 좋아하고 유머도 좋아하는 사람이라서 남편에게 장난을 걸면 남편은 짜증을 내곤 했지. 또 융통성이 없는 남편은 아내가 장난삼아 돌려서 하는 말도 모두 진짜로 알아듣고 화를 낼 때도 있었어. 아내는 그런 남편과 함께 사는 것이 힘들 때도 있었지만 정직하고 마음이 따뜻한 남편을 많이 의지하며 살았단다.

두 사람 사이에는 아들과 딸이 있었어. 남매를 잘 기르기 위해 두 사람은 열심히 살았어. 하지만 계획대로 모든 일이 풀리지는 않았어. 열심히 노력해도 살림은 나아지지 않고 힘든 생활이 계속되었지.

아이들이 한참 자라던 시기, 그러니까 1997년도에 IMF가 시작되었어. IMF를 계기로 우리나라 경제가 많은 어려움에 처했지. 그로 인해 가정은 타격을 받게 되었고, 파산하는 기업들도 많았단다.

IMF가 끝나갈 무렵에 남편은 명예퇴직으로 다니던 직장을 그만두게 되었어. 직장을 그만 둔 남편은 생계 유지를 위해 이것저것 닥치는 대로 가리지 않고 일을 했지. 그런 생활이 4년쯤 지났을까.

시누이의 소개로 훌륭한 목사님을 알게 되었지. 목사님의 권유로 두 사람은 어린이집을 운영하게 되었어. 남편은 어린이집에서 회계 업무와 차량 운행을 맡았고 아내는 원장 역할을 담당했지.

아내는 어려서부터 교회를 다녔지만 남편은 신앙이 없는 사람이었단다. 그런데 그 목사님을 만나서 아내의 병도 낫고, 영적 체험을 하게 되면서부터 하나님을 신뢰하고 믿게 되었지.

남편이 하나님을 믿기 전에는 어떤 일도 자신이 원하는 대로 잘 이루어지지 않았었어. 하지만 하나님을 믿으면서 열심히 기도하고 눈물로 부르짖을 때 하나님은 남편의 기도를 응답해 주셨단다. 물론 가정에 물질의 복도 허락하셨어.

이제 어느 정도 여유 있는 생활을 하는데도 남편은 자신에게 돈 쓰는 일은 항상 주저했고, 웬만해서는 병원에도 잘 가지 않았어. 그러던 어느 날 몸에 이상한 증상이 있음을 느끼고 근처 병원에 갔어. 병원에서 CT를 찍어봤는데 확인 결과, 위 근처에 혹이 보인다고 큰 병원에 가보라고 했단다.

아산병원에 가서 검사 결과 '암'이라는 진단이 나왔어. 그동안 살아오면서 아내 몸 아픈 것만 생각하고 자신의 몸 아픈 건 전혀 신경 안 썼던 남편은 검사 결과 '위암' 판정을 받은 거지.
그래서 위를 절반 이상 잘라내는 수술을 받았어. 다행히 다른 장기까지 퍼지지는 않아서 더 위험한 상황은 모면할 수 있었단다.
그 일로 아내의 마음은 너무나 아팠어. 항상 묵묵히 한 자리에 버티고 서서 가정을 지켜준 사람. 아내에게는 누구보다 남편의 존재가 컸었지. 아내가 부디 바라는 마음은 남편이 더 이상 아프지 않고 건강하게 오래오래 사는 거란다.

든든함아!
남편에게 이렇게 말하고 싶어.
네가 대신 전해줄 수 있겠니?

여보,
비록 성격이 맞지 않아서 가끔은 상처를 받은 적도 있었지만 당신과 함께여서 행복했어요. 당신은 마음이 따뜻한 사람이에요, 또 순수한 사람이에요.

평생 살면서 고의로 나에게 거짓말 한 번 한 적 없는 사람.

당신은 나에게 누구보다 든든한 사람이고 내가 가장 의지하는 사람이랍니다. 사람들은 나이가 들면 혼자 자는 것이 편하다고 하는데, 나는 평생 혼자 자본 적이 없어요. 당신도 아시지요? 나는 혼자 자는 걸 무서워한다는 것을요.

당신이 내 옆에 있을 때 항상 편하답니다.

그러니 이제 더 이상 아프지 말고 건강해야 해요.

나는 하나님께 날마다 기도하고 있어요.

우리 남편, 다시는 암 같은 거 생기지 않게 해달라고요.

재발하지도 않게 해달라고요.

나랑 같이 건강하게 오래오래 살다가 천국 가게 해달라고요.

소희 아빠, 나는 하나님이 내 기도를 들어 주실 거라 믿어요.

항상 의지가 되는 든든한 남편이 되어줘서 고마워요.

우리 이제 세상 욕심 내려놓고 어려운 형제, 이웃 돌아보며 베풀면서 삽시다.

그리고 이 다음에 천국에 가서도 꼭 만나요.

그곳에 가서는 다정한 친구로 지냅시다.

평소에는 들려주지 못했던 말로 제 마음을 전해요.

함께라서 행복합니다.

6

간절함: 큰언니와 형부

큰 언니의 이름은 죽송(竹松). 우리 집에서 첫 번째로 태어
난 언니는 날씬하고 훤칠한 키에 얼굴도 아주 예뻤어. 그 당시
에는 연애결혼이 흔하지 않던 시절인데 같은 동네에 사는 청
년이 언니를 많이 좋아했다고 해. 그때는 내가 한 살 때라서
언니의 연애담을 나중에 말로만 들었어. 언니를 좋아했던 청년
은 가수 '남진'을 닮은 멋진 외모의 소유자였다고 해. 두 사람
은 서로 사귀다가 결국 결혼에 성공했어.

언니 부부는 결혼 후 4남 1녀를 낳고 살면서 낡은 집을 허
물고 같은 자리에 새 집을 짓게 되었어. 그런데 집을 짓는 중

에 동네 어른이 지붕에 올라가서 일을 하시다가 아래로 떨어지셨어. 그 사고로 그 어르신이 돌아가시고 말았어. 그 일이 일어난 후 언니네 가정은 큰 상심에 빠졌고 하루하루 힘든 날들이 계속되었어.

몇 년 후 어떤 분의 전도로 언니와 형부는 걸어서 30분 거리에 위치한 교회에 다니게 되었어. 열심히 하나님을 섬기면서 두 사람은 마음의 평온을 찾게 되었고, 교회에 헌신과 봉사를 아끼지 않았어. 형부는 교회에서 중·고등부 부장을 맡은 것은 물론 조금의 주저함도 없이 온갖 봉사에 몸을 바쳐 헌신하셨어.

교회 건물이 낡아서 새로 지어야 할 때에도 언니 부부는 땅을 사서 교회 건축 부지로 망설임 없이 헌납했지. 언니와 형부는 많은 헌신과 봉사를 했고 하나님 영광을 위한 길이라면 어떤 길이든 마다하지 않았어. 교회를 새로 신축하는 일에 몸을 바쳐 헌신한 형부는 온전히 하나님 한 분만으로 만족하는 삶을 사셨어. 형부의 입에서 나오는 모든 말들은 복음과 연결되지 않는 말은 하나도 없었지. '예수 천당, 불신 지옥'이라는 문구가 입을 열면 자연스럽게 나오는 분이셨어.

시골이지만 제법 웅장하고 멋진 교회 건물이 완공된 후 형부는 낮에는 농사일과 복음 전하는 일에 몰두했고, 밤에는 그 당시 한국전력공사에서 사원 아파트를 짓는 건축사무실에서 경비일을 하게 되셨지. 경비로 일하면서도 아침 6시면 어김없이 예배를 드리셨어. 그때 형부가 부르던 찬송가 소리는 우리 동네까지 울려 퍼졌어. '남진'을 닮은 형부 목소리가 얼마나 우렁찬지 2km쯤 떨어진 우리 동네까지 찬송가 소리가 울려 퍼졌지. 그 때 형부의 나이 42세, 세상 어떤 것도 부럽지 않았고 오직 하나님 한 분으로 만족하는 삶을 사셨어.

우렁찬 목소리로 찬양을 부르며 그 찬양 소리를 듣는 사람들이 회개하고 하나님께 돌아오기를 간절히 원하셨지. 그렇게 밤낮을 가리지 않고 일을 하면서도 어디서나 하나님의 복음 전파에 힘쓰던 분이셨어.

그런데 어처구니 없는 일이 일어났어. 형부가 자신의 몸을 너무 혹사해서일까? 어느 날 몸이 아파서 병원에 가서 검사를 했어. 평소에는 한 번도 병원에 가본 적이 없던 형부가 처음으로 병원에 가신 거였지. 담배도 피우지 않았던 형부는 검사 결과 '폐암 3기'라는 진단을 받았어. 형부는 그렇게 암이라는 무서운 병마를 이기지 못하고 44세의 젊은 나이에 끝내 하늘나라에 가셨어. 그때 언니 나이는 43세였지.

언니는 형부를 먼저 보내고 홀로 남게 되었지. 혼자서 4남 1
녀를 교육시키고 양육하는 데 자신의 온몸을 바쳐야 했어. 언
니 이름은 죽송(竹松), 이름처럼 곧고 대담한 성격을 지닌 언
니는 5남매를 잘 키우기 위해 옆을 쳐다 볼 여유도 없었지. 오
로지 자식들만 바라보며 일생을 헌신해야 했어. 형부와 함께였
으면 훨씬 수월하게 자식들을 교육시켰겠지만 언니 혼자의 힘
으로 감당하다 보니 너무 힘든 시간의 연속이었어. 비록 형부
는 돌아가셨지만 언니는 좌절하지 않고 자식들을 위해 열심히
사셨어. 그 결과 5남매 모두 대학교를 나오도록 뒷바라지를 할
수 있었지.

큰아들은 영국에서 신학박사 학위를 받아 목사가 되었고 지
금은 백석대학교 대학원에서 학생들을 가르치는 교수로 재직
하고 있어. 딸은 간호사로, 셋째 아들은 건설회사에서 현장 지
휘를 총괄하는 소장으로 일하고 있어. 이처럼 혼자 힘으로 자
식들을 훌륭하게 잘 길러낸 언니를 나는 너무 존경해.

형부와 언니의 전도로 내가 어릴 적부터 엄마, 아빠가 교회

에 다니기 시작했고, 나도 엄마 아빠를 따라 교회에 나갔지.

주일날이면 걸어서 30분 정도 걸리는 곳에 위치한 교회를 한 주도 빠짐없이 열심히 다녔어. 우리 동네에서는 언니네와 우리, 두 가족만이 교회를 다니는 유일한 집이었어.

언니의 나이는 지금 80세가 되었어.

오로지 자식들만 바라보고 지금까지 살아왔던 언니, 그렇게 열심히 삶을 살아온 언니가 지금은 몸이 많이 불편해. 나이가 들면서 언니는 할렐루야 기도원에서 몸이 불편한 어르신들을 돌보며 살아왔지. 그런데 지금은 자신의 몸이 불편해서 다른 사람의 도움을 받으며 살아가고 있어. 언니를 생각하면 마음이 많이 아파. 하지만 누구나 이 땅에 왔다가 주어진 생이 다하면 언젠가는 떠나야 해. 나 역시 60이 넘게 나이를 먹다 보니 그런 생각을 더 많이 하게 돼. 언니를 보면서 세상을 떠나는 순간까지 건강하게 살다가 가는 것은 복 중의 복이라는 생각이 들어. 다른 사람의 도움 없이 건강하게 살다가 하늘나라에 가는 것이 최고의 복이 아닐까?

이제부터 건강하게 살기 위해서 운동도 열심히 하고, 건강한 정신으로 살기 위해 열심히 책을 읽고 글도 열심히 쓰려고 해. 하나님이 부르시는 그날까지 건강하게 살다가 '할렐루야'

기쁜 마음으로 하나님 품에 안기고 싶어.

　나에게는 엄마 같은 '사랑하는 나의 언니'가 건강을 되찾았으면 좋겠어. 언니의 건강을 위해 항상 기도하고 있어. 언니 건강이 회복되기만을 간절히 바라면서 말야.

제2장

가치

믿음: 감사합니다 죄송합니다

믿음아, 안녕? 이렇게 너를 불러보게 되다니, 설레기도 하고 부끄럽기도 해. 너를 향한 나의 마음을 글로 쓰고 있는 지금도 나와 함께해 주어 고맙구나. 네 덕분에 나는 살 수 있었어.

믿음아, 그동안 표현하지 못했던 나의 진심을 글로 써 보려 해. 기쁜 마음으로 잘 들어주면 좋겠어.

나는 초등학교 5학년 때부터 교회를 다녔어. 집에서 교회까지 걸어서 30분 되는 거리를 주일날이 되면 빠지지 않고 다녔단다.

그랬던 내가 신앙생활을 하지 않는 남편을 만나 결혼했지.

결혼 후 남편과 함께 교회 나가려고 수없이 남편을 설득해봤지만 남편은 교회 나가는 것을 싫어했어. 그래서 혼자 교회에 다녀야 했지. 교회에서 목사님이 하시는 말씀이 어떤 말씀이건 무조건 순종했어. 그게 최고로 복 받는 길이라고 생각했거든. 여선교회 회장, 성가대 찬양, 오르간 반주 등 여러 직분을 맡아 헌신했단다.

회계학과를 졸업한 나는 결혼 전까지는 사무직 일을 했어. 결혼 후에는 살림에 보탬이 되고자 하루에 몇 시간씩 아이들에게 피아노 가르치는 일을 집에서 했지. 시간이 남을 때는 교회에 나가서 열심히 봉사했어. 그것이 내 인생에서 최고로 가치 있는 일이라고 생각했거든. 그리고 어려운 이웃을 돌아보라는 하나님 말씀에 순종하려고 노력했지.

같은 아파트에 살고 있는 몸이 불편한 할머니 댁을 찾아가서 목욕도 시켜드리고 먹을 것도 사다드리고 했어. 때로는 용돈을 드리고 반찬도 만들어 드렸지. 할머니는 나이가 차고 조금 부족해 보이는 아들과 함께 살고 계셨어.
어느 날부터인가, 할머니의 아들이 우리 집에 수시로 찾아와서 돈이 없다고 돈을 달라고 하는 거야. 몇 번은 몇 만 원씩 주다가 계속 찾아오는 아들이 싫고 짜증이 났어. 안 되겠다 싶어서 그 후로 할머니를 돌봐 주는 일을 멈추게 되었단다.

나는 내 나름의 방법대로 선을 베풀며 살아가려고 노력을 많이 했어. 그럴 때마다 몸은 많이 지치고 힘들었지. 하나님은 어디 계시는지 알 수도 없었고 목사님만 바라보고 신앙생활을 한 거였어. 교회 봉사를 해도 기쁨도 없었고, 마음에서 우러나오는 진정한 감사가 없었어. 그저 내 열심으로 하는 헌신이었고 하나님과는 아무런 상관없는 봉사였던 거지. 진정으로 예수님이 나의 죄를 대신 지고 십자가에서 돌아가신 것에 대해 감사하는 마음을 가지고 하지 않았어.

'내가 이렇게 봉사하면 남편도 교회 나오고 하나님이 복도 주시겠지. 우리 아이 훌륭하게 잘 자라게 해주시겠지.'라는 생각을 하며 기복신앙에 젖어서 신앙생활을 했던 것이란다.

그런 생활이 계속 되던 중 둘째 아이를 출산했어. 첫째 아이를 낳고 5년 터울로 둘째 남자 아이를 출산한 거란다. 둘째 아이를 출산하고 몸이 너무 안 좋아서 아이 목욕도 시켜줄 수 없었고, 가사 일도 할 수가 없었어.

그래서 동네 아주머니에게 일당을 주고 아이 목욕 시켜주는 일과 가사 일을 도와 달라고 했어. 몸이 좀처럼 회복되지 않아서 한약도 먹고, 양약도 먹고 좋다는 약은 다 사먹어 보았지만 소용이 없었어. 교회도 나갈 수 없었지. 거기에 산후 우울증까지 찾아와서 너무나 고통스런 나날들이 계속되었단다. 하루에도 몇 번씩 죽고 싶다는 생각을 하곤 했어.

그러던 어느 날, 남편 여동생 시누이의 소개로 치유 은사를 받은 목사님을 알게 되었어. 그 목사님은 기도원을 운영하셨는데, 치유 은사뿐 아니라 하나님의 말씀을 잘 전하시는 능력 있는 목사님이셨어.

남편은 그때까지도 교회에 다니지 않았지. 그런데 내 몸이 너무 회복이 안 되고 힘든 생활이 계속되니까 지푸라기라도 잡는 심정으로 그분이 계시는 기도원으로 나를 데리고 갔단다.

기도원은 인천에 있었어. 나를 바닥에 눕히고 목사님이 안수 기도를 해주시는데, 내 배속에서 묵직한 어떤 것이 빠져나가는 듯했어. 기도 후 내 몸은 한결 가벼워졌지. 안수 기도를 일주일에 한 번씩 받으러 다녔는데 그때부터 내 몸이 점점 회복되기 시작했어.

목사님은 내가 갈 때마다 회개 기도와 함께 말씀으로 나를 무장시켜 주셨지. 하나님의 말씀은 살아있었고, 하나님은 나를 치료해 주셨어. 하나님이 항상 내 곁에서 나와 함께 하신다는 믿음과 확신이 왔어. 남편도 그 일을 계기로 하나님을 만나게 되었고 하나님이 살아계심을 많은 영적 체험을 통해 알게 되었어.

그때부터 남편은 죽기 살기로 아침마다 새벽기도를 다니기 시작했고 교회도 열심히 나가기 시작했어. 그리고 하루에 한 갑씩 피우던 담배도 끊게 되었고, 술도 완전히 끊게 되었단다. 지금까지 외롭게 나 혼자 했던 신앙생활을 남편과 함께하게 된 것이 너무나 좋았어. 큰 은혜였고 축복이었고 감사한 일이었지.

남편은 신앙생활을 하면서부터 많이 변화되었고 나 역시 많이 달라졌어. 이제는 사람에게 충성하는 신앙이 아니라 하나님의 살아계심을 확실히 믿으면서 하나님 중심의 신앙생활로 바뀌게 되었어.

순간순간 죄를 지을 때마다 기도드렸어. "하나님, 저 오늘 또 이런 죄를 지었는데 죄송해요. 잘못했어요. 다시는 그런 죄를 반복하지 않도록 도와주세요."라고 말이야. 날마다 기도하며 하나님이 주시는 선한 것으로 채우면서 살아가려고 노력했어. 아담과 하와로부터 내려온 원죄가 인간의 본성 안에 있어서 항상 기도하지 않으면 죄와 짝하게 되는 나를 발견하게 되었기 때문이야.

우리 가정은 목사님을 통해 하나님의 역사하심으로 내 병도 고침 받고 새로운 희망과 꿈이 생겼단다.

하나님은 만물을 창조하시고, 사람들에게 만물을 다스리며 살 수 있는 권세를 주셨어. 하나님의 말씀을 믿고 순종하며 찬양, 경배하는 삶을 살 때 하나님 나라에 갈 수 있는 특권도 주셨지. 육신을 입고 살아가는 인간들은 하나님이 부여한 수명이 다하면 육은 흙으로 돌아가고 영혼은 천국과 지옥으로 갈 수 밖에 없어. 그날은 반드시 온단다.

그래서 나는 항상 기도하고 있어. 하나님을 모르고 지옥을 향해 달려가고 있는 형제를 위해서 기도하고, 이웃을 위해 기도하지. 그들이 속히 하나님께 돌아오게 해달라고.

믿음아! 지금까지 나와 함께해줘서 고마워. 네가 함께해줘서 나는 삶의 의미를 찾게 되었고 희망과 꿈을 안고 살아갈 수 있게 되었어. 앞으로도 항상 나와 함께 동행해줄 거지?

사랑한다!

파이팅 한번 크게 외쳐보자.

파이팅!

2

노력: 지금 이 자리에서

노력아, 안녕!

너를 생각하며 지나온 내 삶의 이야기를 들려주려고 해. 너와 함께 했던 시간들을 생각하면 등을 토닥거리며 "애썼다."라고 위로해주고 싶어. 너에게 감사한 마음으로 그 때 일을 떠올리며 글을 쓰려고 하는데, 나랑 함께해 줄 수 있지?

우리 가정은 IMF 이후 경제적으로 많이 힘들었어. 남편이 명예퇴직을 하고 매달 수입이 일정치 않았거든. 그래서 돈을 벌어야 했어. 목사님과 상의 끝에 어린이집을 운영할 계획을 세우게 되었지.

우리 부부는 기도하면서 처음에는 상가 2층 건물에 있는 작은 어린이집을 인수해서 1년간 운영했어. 1년이 지나자 건물 주인이 어린이집 공간을 다른 용도로 사용할 거라고 비워달라고 하더구나. 그래서 이사를 가야했지. 우리 부부는 땅을 사서 어린이집을 신축한다는 새로운 계획을 세우게 되었단다.

그리고 하나님의 인도하심을 바라며 새벽마다 교회에 나가서 기도했어. 어려움 없이 땅을 매입해서 건물을 신축할 수 있게 인도해 달라는 내용의 기도였지. 그러던 어느 날, 나무가 빽빽이 들어선 산을 건물 부지로 매입하게 되었단다.

어린이집을 신축하기 위해 살고 있는 집을 담보로 대출도 받고, 가지고 있던 작은 땅도 팔아서 돈을 마련했지. 하지만 땅을 사고 건물을 완공하려면 준비한 돈보다 훨씬 더 많은 자금이 필요했어.

돈을 빌리기 위해 여기저기 알아보면서 노력했지만 쉽지 않았어. 그러던 중 형부가 땅을 팔아서 돈을 가지고 있다는 말을 듣게 되었어. 우리 부부는 형부에게 돈을 빌려달라고 사정을 해서 어렵게 2억 원을 빌릴 수 있었단다.

건물을 신축하는 과정에서 어려움이 많았지만 우여곡절 끝에 건물을 완공하게 되었어. 건물은 완공했지만 생각 외로 해야 할 일들이 많았어.

　결혼 전에는 힘든 일을 해보지 않았는데 건물을 짓고 나서 육체노동을 많이 하다 보니 몸은 항상 지쳐 있었어.

　예쁜 옷을 좋아하고 항상 꾸미기를 좋아하는 나를 보면서 사람들은 공주처럼 편하게 살 것 같다는 말을 하곤 했었지. 진짜 내 삶은 공주가 아니라 무수리처럼 누구보다 일을 많이 하면서 살았는데 말이야.

　놀이터 주위에 울타리를 만들어서 아이들이 뛰어 놀 수 있는 공간을 만들어야 했고, 화단에 나무도 심고 화단 주위도 울타리로 꾸며야 했지. 이 모든 일은 전문 업체에게 맡기면 쉽게 할 수 있는 일이었어. 하지만 돈을 많이 지불해야 했기 때문에 그렇게 할 수가 없었지.

　우리는 자재들을 직접 사서 페인트칠도 하고, 화단에 나무도 심고, 화단 주위를 꾸미는 등 이 모든 일을 우리 손으로 했어. 어린이집 아이들이 나오지 않는 토요일을 이용해서 아침 이른 시간부터 밤 11시까지 고된 육체노동을 해야 했단다.

　3년 후 옥상에 뼈대로 세워 놓은 기둥과 벽의 색이 바래고

낡아서 페인트 칠을 해야 했어. 대출금은 천천히 갚아도 되지만 형부에게 빌린 돈은 빨리 갚아야 했지. 한 푼이라도 아끼려고 페인트칠도 직접 우리 손으로 했어.

또 1층 교실 바닥에 깔아 놓은 데코타일이 낡아서 새것으로 교체해야 했는데 그 일도 직접 했어. 타일을 교체해야 하는 교실 바닥 면적은 40평 정도였지.

바닥에 깔아 놓은 낡은 타일들을 다 뜯어내고 새 타일로 다시 하나하나 붙이는 작업이었어. 이 일은 지금까지 해 왔던 어떤 노동보다 더 힘들었어. 타일을 뜯어 낼 때 나오는 시멘트 가루가 날리면서 입고 있던 옷 전체가 뿌연 색으로 변했어. 눈은 시멘트 가루가 들어가서 눈을 뜰 수 없을 정도로 퉁퉁 부었어. 하지만 한번 시작한 작업을 마무리해야 했기 때문에 중간에 멈출 수는 없었단다.

어린이집 전체 건물은 3층이었지만 2층까지만 건물을 완공해서 사용한 상태였지. 어린이집을 신축할 때 처음 계획은 2층까지 어린이집으로 허가를 받으려고 했어. 그런데 2층은 허가가 나오지 않았어. 바닥 면적이 넓은 건물에는 2층에 스프링클러 시설을 해야 했던 거지.

우리 부부는 그런 법적인 규정을 몰랐었어. 그래서 하는 수

없이 1층만 어린이집으로 허가를 받고, 2층은 피아노와 속셈
학원으로 허가를 받게 되었어.

피아노는 전공 선생님을 채용해서 하루 3시간씩 초등학생을
대상으로 피아노를 가르쳤어. 나도 그동안 아이들에게 피아노
를 지도한 경험을 살려서 피아노를 함께 가르쳤어.

피아노가 끝나면 속셈 지도를 해야 했는데 속셈을 가르치는
일도 내 몫이었어. 왜냐하면 속셈을 하는 아이들이 몇 명 되지
않았기 때문에 속셈 선생님을 별도로 채용할 수가 없었던 거지.

어린이집 원장일도 많이 버거운 일이었어. 어린이집에서 일
어나는 크고 작은 문제들을 원장인 내가 책임지고 해결해야
했기 때문이야. 어린이집을 운영하다보니 많은 사건 사고들이
있었지. 그 모든 일을 책임지고 해결해야 하는 나는 신경을 많
이 쓰다 보니 항상 머리가 아팠어. 피아노도 가르치고. 속셈 지
도도 해야 했기 때문에 하나의 몸으로 감당하기에는 너무나
힘들었단다.

바쁘게 일하다 보면 시간이 없어 점심을 굶는 때가 많았지.
하나님께서 고쳐주신 몸을 아끼면서 써야 했는데 그때는 그런

생각을 할 마음의 여유조차 없었어. 형편상 모든 일을 내가 감당해야 한다고 생각했지.

그런 생활을 몇 년 동안 하다 보니 어느 날부턴가 밤에 잠을 잘 때는 머리에서 발끝까지 저리고 쑤시는 증상이 나타났어. 나는 마음속으로 생각했지. '몸이 너무 힘들어서 그러는 거겠지?'라고 말이야. 그래서 병원에도 가지 않았단다.

그러던 어느 날, 하루 일과를 마치고 저녁 식사를 한 후 거실 소파에 앉아 있었어. 방에 들어가 잠을 자려고 일어서려는데 머리가 핑 돌면서 갑자기 중심을 잃고 바닥에 쓰러졌어.

그리고 내 몸은 손가락 하나 발가락 하나 움직일 수 없었지. 말을 하려고 하는데 입도 내 마음대로 움직여지지 않았어. 말이 안 나오고 혀가 굳어서 전혀 알아듣지 못할 정도의 이상한 소리만 낼 수 있었지.

사지를 전혀 움직일 수 없어서 식물인간처럼 변해버린 나를 차에 태우고 남편은 급히 근처에 있는 한양병원 응급실로 갔어. 천만 다행으로 응급 처치를 마친 후 병원에 입원했어. 하루 이틀 계속 치료를 하면서 다행히 조금씩 차도가 보이기 시작했단다.

목사님이 찾아오셔서 기도해 주시고, 교회 성도들도 매일 나를 위해 기도해 주셨지. 2주 동안 입원해서 치료를 받았는데 하나님의 도우심으로 몸이 많이 회복되어 퇴원하게 되었어.

퇴원 후에도 완전하게 회복된 건 아니라서 몸은 많이 힘들었지. 말이 꼬이는 증상이 자주 나타났고, 조금만 오래 서 있어도 기운이 빠져서 서 있을 수가 없었어. 또 신경을 많이 쓰거나 힘든 일을 하면 온 몸에 힘이 빠져서 식물인간처럼 손가락 발가락 하나 움직일 수 없는 증세가 나타나곤 했지.

하는 수 없이 피아노 선생님의 레슨 시간을 늘려서 피아노를 가르치게 하고 내가 하는 속셈 지도하는 일도 줄여야 했어.

내가 그렇게 힘들었을 때 하나님이 함께 하시지 않았다면 지금 이 자리에 나는 없었을 거야.

노력아,

네 덕분에 지금의 내가 있을 수 있었어. 지금 이 자리에서 함께해주고 있는 너와 함께 앞으로도 소중한 내 인생을 잘 살아내고 싶어. 끝까지 나를 도와줄 거지? 고마워. 그리고 축복해.

배움: 인생은 선물입니다

배움아!

너는 나에게 무엇보다 소중한 존재였고 나를 성장하게 만들었어. 그래서 고마운 마음을 담아 글을 쓸 테니, 나의 이야기를 잘 들어주기 바란다.

25살이 되던 해 나는 학창시절에 배우다 중단했던 피아노를 다시 배우기 시작했어. 몇 년 동안 중단했다가 시작한 거였지. 피아노를 배우고 연습하는 일이 생각처럼 쉽지는 않았지만 매일매일 배우며 연습하기를 게을리하지 않았단다.

몇 년 후 나는 결혼을 했어. 그동안 피아노를 쉬지 않고 열심히 배우고 연습한 덕분에 초등학생을 대상으로 피아노를 가르칠 수 있게 되었지.

나는 피아노를 연주하면서 찬양 부르기를 좋아했어. 그래서 쉬는 날이면 하나님의 사랑을 생각하며 찬양 부르는 시간을 자주 갖곤 했지. 그 시간이 나에게는 커다란 기쁨이자 행복한 시간이었어. 주일날 예배시간에는 오르간 반주로 봉사도 열심히 했지.

나에게는 새로운 꿈이 생겼어. 그 꿈은 어린이집 원장이 되는 거였지. 꿈을 이루기 위한 준비 과정으로 목포과학대학 유아교육과 3년 과정에 입학했어.

서울에서 목포까지의 거리는 버스로 4시간 정도 소요되는 거리였지. 매 주마다 두 번씩 고속버스를 타고 목포까지 오가면서 공부를 했어. 그래서 3년의 유아교육과정을 마칠 수 있었단다.

그 후 교사로 경력을 쌓은 후 바라던 원장의 꿈을 이루게 되었어.

배우기를 멈추지 않았던 나는 사회복지사 2급 자격을 취득하기 위해 공부를 또 시작했어. 그때는 나에게 큰 아픔이 있던 시기이기도 하지.

원장 일을 하면서 초등학생 피아노와 속셈을 함께 지도할 때였어. 시간이 없어 점심도 굶어 가면서 일을 하다 보니 몸에 무리가 와서 과로로 쓰러졌던 때였지. 몸에 기운이 빠지고 힘이 없어서 방바닥을 기어 다니면서도 시작한 공부를 포기하지 않았어. 힘든 가운데서도 포기하지 않고 모든 과정을 다 마치고 사회복지사 2급 자격을 취득하게 되었단다.

세월이 흘러 어느새 50이 넘은 나이가 되었지. 유아교육에 대해 좀 더 깊이 있는 공부를 해보고 싶은 욕망이 생겼어. 그래서 대학원에 입학할 계획을 세웠어. 대학원에 입학하기 위해서는 4년제 유아교육과 학사학위가 필요했어. 나는 유아교육과 3년 과정을 이수했기에, 학점은행제에 입학해서 부족한 학점을 보충하고 4년 유아교육 학사자격을 갖추게 되었단다.

집에서 가까운 서울여자대학교 교육대학원 유아교육과 문을 두드렸어. 첫 번째 도전 때는 면접 과정에서 불합격이라는 통보를 받게 되었지. 하지만 포기할 수는 없었어. 부족했던 부분을 충분히 공부한 후에 다음 학기에 도전했어. 두 번째 도전으로 합격의 영광을 안게 되었단다.

일주일에 세 번씩 학교에 갔는데 그 시간이 너무 좋았어. 배울 수 있다는 뿌듯함이 나에게 기쁨을 선물해 주었어.

학교에 다니며 몸은 힘들어도 마음은 행복했어. 대학원에 다니는 동기들 중에서 나이는 제일 많았지만, 열심히 강의 듣고 공부하는 데 최선을 다했어. 여러 과목을 들으며 파워포인트를 직접 만들어서 발표함으로써 성장하는 기회도 가졌지. 드디어 2년 6개월의 과정을 모두 마치고 졸업을 했어. 그래서 유치원 1급 정교사 자격증과 교원 자격증도 받을 수 있게 되었지.

그 후 지금까지도 원장의 일을 계속하면서 아이들과 함께 행복한 하루하루를 보내고 있단다.

이 모든 결과는 내 힘으로 이루어 낸 것이 아니고, 때마다 지혜를 주시고 힘을 공급해 주시는 하나님의 은혜가 있었기에 가능한 일이였지.

평소에 책 읽기를 좋아했던 나는 가끔씩 글을 쓰고 싶었어. 하지만 그런 기회가 올 거라는 생각은 못했지. 왜냐하면 이제 60을 넘긴 나이였기 때문이야. 그런데 생각만 했던 나의 꿈을 하나님은 기억하고 계셨던 걸까? 어느 날 선물처럼 '짠' 하고 그 꿈이 이루어지는 날이 왔어.

백미정 작가님과 함께하는 '공저 글쓰기'에 참여하게 되었어. 여러 사람이 함께 삶의 희로애락을 담은 글쓰기를 시작으로 《인생은 선물입니다》라는 책을 출간했단다. 공저 책 출간을 계기로 나는 글쓰기를 시작했지. 나의 꿈을 하나님이 이루어 주셨단다.

공저 책 출간에 이어서 현재 개인저서를 발간하기 위해 열심히 글을 쓰고 있는 중이야. 바라던 꿈을 하나하나 이루어가는 삶은 이 세상 무엇보다 값지고 행복한 삶임을 알았어. 그래서 60이 넘은 나이에도 꿈을 이루기 위해 최선을 다하고 있지. 앞으로 글 잘쓰는 작가로 더 많이 성장하고 싶은 욕심도 가져본단다.

배움이와 함께 했던 시간들이 나에게는 너무나 소중하고 행복한 시간들이었어.
배움아!
지금까지 나랑 함께해줘서 고마워!
그리고 매 순간 꿈을 이룰 수 있도록 인도해 주시며 힘과 용기를 주신 하나님께 감사드립니다.

협업: 기쁘고 즐거운 일

협업아 안녕! 예전에는 너의 이름이 낯설게 느껴졌는데 언제부턴가 너의 이름을 부를 때면 왠지 다정한 친구 같은 느낌이 들어서 참 좋단다.

그래서 너에게 글을 써보려고 하는데 다정한 친구처럼 함께 해주기 바란다.

나는 원장 일을 20년 넘도록 해오면서 어린이집에서 가장 큰 행사인 오리엔테이션을 늘 혼자 진행해 왔어. 어린이집 오리엔테이션은 3월 새 학기가 시작되기 전에 부모님들을 초대해서 프로그램 설명을 하고 교사 소개도 하고, 경우에 따라 부모교육도 진행하는 아주 큰 행사라고 할 수 있단다.

보통 1시간 30분 정도 소요되는데, 올해 처음으로 교사들과 함께 역할 분담을 해서 오리엔테이션을 진행해 보겠다는 계획을 세우게 되었어.

세 명이 30분씩 진행하는 방식인데 나를 포함해서 두 명의 교사가 더 필요했어. 전체 교사들 중에서 누가 맡으면 좋을지 충분히 생각하고 고민해야 했지. 그런 다음 교사 회의를 통해 적절한 교사를 지정해서 연습에 들어갔어. 부모님들 앞에서 진행해야 하기 때문에 어휘 선택은 물론 표정과 제스처까지 신경을 써야 했단다. 그래서 실수하지 않기 위해 열심히 연습하는 시간도 가졌어.

2024년 오리엔테이션 주제는 '3S 오리엔테이션'으로 놀이터에 있는 놀이기구 3종을 생각하며 정해진 제목이었어.

Swing(그네-도움과 배움), Sliding(미끄럼틀-한 방향 교육), Seesaw(시소-균형과 협력)를 주제로 오리엔테이션이 진행되었지.

처음 30분은 Swing(그네-도움과 배움)이라는 주제로 내가 진행을 맡았어.

간략하게 내용을 소개하자면, 사진을 통해 어린이집 곳곳을 소개하고 아이들의 활동영상을 시청했어. 교육철학을 설명한 후 이어서 '도움과 배움'이라는 주제로 마무리했어.

두 번째 순서를 맡은 교사는 Slide(미끄럼틀-한 방향 교육)로 전하는 한 방향 교육방법을 진행했어. 교육목표, 특별활동 프로그램 안내와 함께 아이들 적응 부분과 관련된 내용을 30분간 진행했지.

세 번째 교사는 Seesaw(시소-균형과 협력)에 관한 진행을 맡았어. 주제에 맞는 재미있는 동화책을 PPT를 띄우며 들려주었고, 기관과 가정이 시소처럼 상호 협력하는 가운데 균형을 이루어 아이들 교육에 협조하자는 내용을 소개했지. 그외 신학기 차량 태우기, 준비물 등과 관련된 것으로 세 번째 순서까지 끝났어. 마지막으로 특별활동교사 소개는, 영상을 통한 인사말로 오리엔테이션이 마무리되었지.

이번 오리엔테이션은 부모님들의 적극적인 반응으로 어느 해보다 훌륭한 행사가 되었단다. 협업의 위력을 실감할 수 있었어.

교사들은 여러 사람들 앞에서 행사를 진행하는 경험을 통해 한 발짝 성장하는 기회가 되었고, 나 또한 협력하는 일이 얼마나 멋진 일인지 새삼 느끼게 되는 계기가 되었단다.

내일 모래는 우리 고유의 명절인 추석이야. 그래서 '명절' 하면 생각나는 에피소드를 너에게 들려주려고 해.

남편과 결혼한 후 명절에 시댁에 갈 때마다 나를 기다리는 시댁의 집안일은 끝이 없었어. 봄과 가을에는 농사일, 겨울에는 하우스에 특용작물을 재배하는 시부모님은 항상 바쁘셨어. 집은 항상 어질러져 있었고, 집안 구석구석은 먼지와 때로 찌들어 있었지. 냉장고, 찬장, 장독대, 수돗가, 마당, 갈 때마다 내 손을 필요로 하는 곳들이 너무나 많았어.

큰 며느리인 나는 시부모님들이 지저분하고 비위생적인 곳에서 사시는 게 싫었지. 그래서 깨끗하게 청소하고 정리를 해 드렸단다. 일을 한번 시작하면 내 몸에 에너지가 1%도 남지 않게 소진될 때까지 일을 하곤 했어. 청소하는 일을 마치고 나면 명절 음식을 장만해야 하는데 명절 때마다 그런 일들을 감당하기가 많이 힘들었지.

그런데 3년 전부터 '협업' 네가 나에게 찾아 왔단다. 그동안 혼자 감당해 오던 많은 일을 함께 협력해서 할 수 있게 되었어. 명절 음식도 시누이와 동서 각자 한두 가지씩 맡아서 해오기로 했어.

지금까지 어쩔 수 없는 상황에서 나 혼자 많은 일들을 감당했는데 지금은 '협업' 네가 함께해서 몸도 마음도 지치지 않는 명절을 보낼 수 있게 되었단다. 함께 일을 하다 보면 유대관계도 더욱 돈독해지고, 시너지 효과도 크기 때문에 기쁘고 즐거운 일들도 많단다.

협업아! 나에게 찾아와 줘서 고마워!

앞으로는 어린이집 일도, 시집에서의 일도 힘을 합해서 함께할 수 있게 되었어. 이제부터 나랑 영원히 친구로 함께할 거지?

사랑한다!

추억: 많이 행복하단다

추억아, 안녕!

너의 이름을 부를 때면 어릴 적 수많은 추억이 주마등처럼 머릿속을 스쳐가는구나! 그 중에서 몇 가지만 너에게 들려주며 추억 여행을 떠나려고 해. 나와 함께 여행을 하는 동안 즐거운 시간 되기 바랄게.

어릴 적 우리 동네에는 커다란 우물이 있었어. 그 우물은 개인 소유가 아니라 동네 사람들이 공동으로 사용하는 우물이었어. 정사각형 형태로 되어 있는데 한쪽 면 길이가 3미터 정도 됐어.

동네 아낙네들은 식구들 빨래를 모두 가져와서 그 우물에서 깨끗이 빨아서 가져가곤 했지. 우물은 바닥에서 1미터 정도 높이의 시멘트로 둘러싸여 있었기 때문에 두레박을 이용해서 물을 퍼올려야 했단다.

펌프로 퍼 올리는 수도 시설조차 갖추어져 있지 않았기 때문에 동네에서 비교적 부유한 서너 집을 빼고는 공동 우물을 사용해야 했어. 공동 우물을 사용하는 가구 수는 50가구 정도였지. 빨래는 물론이고 식수용 물도 공동 우물에서 길어다 먹어야 했지.

남자들은 물지게를 사용해서 양동이에 물을 퍼 날랐고, 아낙네들은 양동이나 항아리에 물을 담아서 똬리를 머리에 받친 후 물동이를 이고 날라야 했어. 그 물로 세수도 하고 반찬도 만들고 밥도 지어야 했기에 충분한 물을 길어 나르지 않으면 안 되었어. 그래서 평소에 물이 모자라지 않도록 미리 넉넉하게 비축해 놔야 했지.

초등학생이었던 나는 엄마, 아빠가 논이나 밭일을 가셔서 늦게 오시는 날에는 작은 양동이로 물을 길어 나를 때도 있었어. 머리에 똬리를 얹고 물이 든 양동이를 머리에 이고 집까지 걸어가면 너무 무거운 무게가 머리를 눌러서 목이 짧아진 듯한 느낌을 받곤 했지.

그 후 세월이 흐르면서 가정마다 마중물을 붓고 손으로 펌프질을 해서 물을 퍼 올리는 재래식 수도 시설을 갖추게 되었어. 그때부터는 먹는 물이나 집에서 사용하는 물들은 모두 재래식 수돗물을 사용할 수 있게 되었단다.

또 하나는, 벽돌을 쌓아서 시멘트로 덧바른 후에 솥을 걸어서 사용하는 아궁이가 있었어. 아궁이는 부엌에도 있었고 마당 한쪽에도 있었지. 부엌에 설치된 아궁이는 굴뚝을 통해서 연기가 나갈 수 있도록 설치해 놓았지만 마당에 있는 아궁이에에는 굴뚝이 별도로 없었어.

가스렌지가 없던 시절이라 아궁이에 불을 피워서 밥을 지어 먹었어. 밥을 짓는 주재료는 보리쌀이었어. 지금은 쌀이 흔해서 탄수화물 과다 섭취가 몸에 해롭다고 쌀밥을 최대한 적게 먹으려고 노력하지만, 그 때는 쌀이 너무 귀한 시절이라 여간한 부잣집이 아니고서는 쌀밥을 해먹을 수 없었어. 그래서 밥을 지을 때는 보리쌀로만 짓거나, 한 컵 정도의 쌀을 보리쌀 한가운데 얹어서 섞어지지 않게 밥을 지었어.

쌀밥은 할아버지와 아버지, 어른들께 드려야 했고, 엄마를 비롯해서 여자들은 모두 보리밥을 먹었지. 그 시절에는 남존여비 사상이 강한 시절이었거든. 점심은 주로 밀가루를 반죽해서 칼국수를 만들어 먹거나 수제비를 만들어 먹었단다.

봄에 심은 고구마는 가을에 추수해서 방 한 쪽, 수숫대로 엮은 고구마 저장고에 저장해 놨어. 추운 겨울동안 식량으로 사용하기 위해서 고구마를 많이 저장해 놔야 했단다.

어릴 적 내가 가장 좋아했던 밥은 고구마와 차조를 함께 넣어서 지은 밥이었어. 지금도 나는 단맛이 나는 음식을 많이 좋아해. 아마도 어릴 적 고구마와 차조로 만든 밥을 맛있게 먹던 습관 때문인 것 같아. 지금은 그런 고구마 맛을 찾아볼 수 없단다. 그때 고구마 맛은 단맛이 강하면서 찰기도 있고, 입에 착착 달라붙는 최고의 맛이었거든. 글을 쓰는 지금도 그때의 고구마 차조밥을 생각하니까 먹고 싶다는 생각에 저절로 군침이 도는구나.

내가 어릴 적 먹던 고구마는 화학비료를 사용하지 않고, 집에서 나온 거름과 인분을 뿌려서 재배했기 때문에 말 그대로 유기농 고구마라고 할 수 있지.

보리밥도 짓고, 고구마 차조밥도 짓고, 칼국수 수제비도 만들어 먹으려면 아궁이에 불을 지펴서 만들어야 했기에 땔감이 꼭 필요했지. 그래서 땔감은 365일 동안 집에 없으면 안 되는 중요 품목 중 하나였어.

땔감을 장만하기 위해 집에서 10~20분 정도 떨어진 산에 가서 나무를 해 와야 했지. 남자들은 밖에서 돈을 벌어오거나 들에 나가서 더 힘든 일을 해야 했기에 땔감을 하는 건 여자들의 몫이었어.

가을이 되면 산에는 노랗게 물든 나뭇잎들이 떨어지지. 떨어진 솔잎과 나뭇잎을 갈퀴로 긁어모은 후, 흩어지지 않게 나뭇가지를 꺾어서 감싼 후 줄로 단단히 묶어 머리에 이고 집으로 와야 했어. 나도 친구들과 언니들이랑 함께 나무를 하러 갈 때가 종종 있었지.

나는 몸을 사용해서 하는 일을 힘들어 했어. 산에 따라가기는 했지만 땔감 재료인 나무를 하는 일에는 관심이 없었지. 그래서 산에 가면 떨어진 나뭇잎을 베개 삼아 누워서 노래 부르기를 좋아했어. 나뭇잎 사이로 보이는 파란 하늘을 바라보는 것도 좋았어. 때때로 시원하게 불어와 내 살갗을 스치는 바람도 좋았지. 그렇게 누워서 잠이 들 때도 있었어. 시간이 얼마나 지났을까?

함께 땔감을 하러간 친구랑 언니들이 큰 뭉치의 땔감을 완성할 즈음, 그제서야 나는 솔잎과 나뭇잎을 긁어모아 작디작은 뭉치의 땔감을 만들어서 집에 오곤 했어. 그래도 땔감을 조금만 해왔다고 엄마가 나를 나무란 적은 한 번도 없었어.

나보다 덩치가 큰 동생에게는 밭일을 도와야 한다고 말씀하실 때가 많았어. 하지만 나에게는 힘든 일을 시키시지 않았어. 내 몸이 약해서인지 다른 이유에서인지 알 수는 없지만 엄마는 항상 나를 애지중지 하셨어.

내 위로 언니 오빠들이 있었고, 아래로 남동생 한 명과 여동생 한 명이 있었지.

남동생은 엄마가 나를 예뻐하는 걸 보면서 나를 많이 괴롭혔어. 엄마는 그럴 때마다 동생한테 야단을 치곤했지. 그러면 또 동생은 밖에 있는 돌멩이를 주워서 방에 있는 나에게 던지며 화풀이를 하곤 했지.

엄마는 5일장이 열리는 장날에는 장에 가셔서 예쁜 옷과 신발을 사다 주셨어. 나는 엄마가 사다 주신 옷과 신발을 신고 동네 여기 저기 마실을 다녔지. 동네 언니들은 나를 보면 예쁘다, 도시아이 같다, 피부가 곱다, 이런 말들을 많이 했지. 언니들의 칭찬에 나는 기분이 좋았단다.

엄마의 사랑을 많이 받고 자란 나는 형편은 어려웠지만 비교적 행복하게 성장할 수 있었어.

할아버지의 빚보증으로 한 번 기울어진 가세는 쉽게 회복되지 않았지. 그래서 나는 상급 학교에 진학할 수 없는 형편이었어. 아버지는 할아버지 빚보증 때문에 방황하다가 술에 취해 깊은 도랑에 빠진 이후로 한쪽 다리를 절게 되었어. 다리를 저는 정도가 심하진 않았지만 다리가 불편한 것은 분명했지. 그 시기에 한국전력공사가 고향에 들어오게 되었어. 그래서 한전 직원들이 거주할 대단위 아파트가 많이 들어서야 했고 많은 인부들이 필요했어. 아빠는 불편한 다리를 이끌고 아파트 공사 건설현장에 다니게 되었지. 아버지가 건설 현장에 몇 년 동안 다니시면서 벌어오는 돈으로 나는 학원에 다닐 수 있었고, 상급학교에도 진학해서 하고 싶은 공부를 계속 할 수 있었지.

추억아!
아버지가 생전에 계실 때 불편한 몸으로 힘들게 벌어 오신 돈으로 공부를 계속할 수 있었는데 감사하다는 말을 한 적이 없구나! 그래서 지금은 하늘나라에 계시는 아버지께 이제라도 감사의 마음을 전하고 싶다.

아버지 감사해요!
저는 아버지 덕분에 공부를 계속 할 수 있었어요.
그리고 살아계실 때 감사의 마음을 전하지 못하고 이제야

하게 되어서 죄송해요.

아버지, 이제라도 나의 마음을 받아주세요.

감사하고 사랑해요.

추억아!

누구에게나 소중한 추억들이 있지. 나의 어릴 적 추억을 너에게 들려주니 마음이 포근해지기도 하고, 숙연해지기도 하고, 사랑하는 사람들을 지금은 볼 수 없음에 마음 한편이 뭉클해지기도 하고, 여러 가지 감정들이 생기는구나.

내 마음에 남아있는 소중한 추억들을 글로 너에게 전할 수 있어서 많이 행복하단다.

추억아, 나와 함께해줘서 고마워!

그리움: 김옥기 선생님

그리움아, 안녕!

너의 이름을 부르니 내가 영어 공부를 했던 기억과 영어 선생님이 떠오르는구나! 그래서 너와 함께했던 추억을 떠올리며 편지를 써보려고 해. 나랑 함께해줄래?

나는 중학교에 입학해서 처음 영어 공부를 하게 되었단다. 지금은 유치원 때부터 영어를 접하게 되지만 내가 어릴 적에는 초등학교를 졸업할 때까지 영어를 배우지 않았어. 중학교에 들어가서 알파벳부터 시작해서 영어 기초부터 배웠고, 시간이 지나면서 회화가 들어간 긴 문장의 영어를 배웠지. 처음 배우는 언어였지만 나는 영어시간을 무척 좋아했어. 영어가 재미있어서 학교에서 집에 오면 영어공부는 빼놓지 않고 열심히 했단다.

영어 선생님은 수업시간마다 번호나 이름을 지목해가며 영어책을 읽고 해석해 보라고 하셨어. 대부분의 친구들은 영어책 읽고 해석하는 것을 어려워했지. 하지만 나는 너무 좋았어. 선생님이 수업시간에 나를 지목해서 시킬 때마다 완벽하게 해내곤 했어. 그리고 영어 선생님은 나에게 칭찬을 아끼지 않으셨지. 영어도 재미있었고 칭찬해 주시는 선생님도 좋았어.

학교에서 돌아오면 영어공부를 몰입해서 하다 보니 영어는 뗄레야 뗄 수 없는 나의 좋은 친구가 되었어. 그래서 국어책 읽는 것보다 영어책 읽고 해석하는 것을 더 좋아했고 더 잘했어.

어느 날 운동장에서 우연히 영어 선생님을 만났어. 선생님은 한쪽으로 와보라고 하시더니 나에게 말씀하셨지.

"애자야, 너를 내 딸로 삼고 싶어. 그래서 너를 양녀로 올리고 싶은데 허락해 줄 수 있겠니?"라고 말이야. 평소에 영어 선생님을 많이 좋아하긴 했지만 갑작스러운 선생님 제안에 당황했어. 나는 대답을 하지 못하고 머뭇거렸지. 선생님은 우리 부모님과 상의하기 전에 먼저 나의 생각이 어떤지 물어보셨던 거야. 선생님은 평소에 불필요한 말을 하는 분이 아니셨어. 수업시간에도 영어수업과 관련 없는 내용의 말은 한 번도 하신 적이 없거든. 진지하게 나를 보며 말씀하시는 선생님 눈빛에는 진심이 담겨 있었어. 그때 나는 중학교 2학년이었단다.

그 후로 두 달 쯤 지났을까? 담임 선생님들이 각 가정을 방문하는 가정방문 기간이 다가왔어. 우리 반 담임 선생님은 '남정택' 선생님이셨고, 내가 좋아하는 영어 선생님은 '김옥기' 선생님이셨지.

담임 선생님이 우리 집에 가정방문을 위해 오시기로 약속된 날이 다가왔어. 그 날 나는 담임 선생님이 오시기를 기다렸어. 오후 서너 시쯤 담임 선생님이 우리 집 대문으로 들어오셨어. 그런데 한 분이 아니라 두 분이셨어. 담임 선생님 외에 또 다른 선생님 한 분이 뒤따라 오신 거지. 그 분은 바로 영어선생님이셨단다. 나는 깜짝 놀라 당황하며 영어 선생님을 바라보았어.

솔직히 영어 선생님이 우리 집에 오신 것은 나에게 별로 기분 좋은 일은 아니었어. 왜냐하면 내가 좋아하는 영어 선생님께 우리 집 형편을 보여주는 게 너무 싫었거든.

그 시절에는 대학생을 제외한 중·고등학생들은 모두 교복을 입는 시절이었어. 그래서 같은 학교 학생이라면 너나 할 것 없이 모두 같은 교복을 입고 학교에 다녔지. 부잣집이든 가난한 집이든 동일한 교복으로 말이야. 그래서 학교에서 보면 키도 크고 얼굴도 예쁜 나는 가난한 집 아이처럼 보이지 않았지. 그런데 영어 선생님이 우리 집에 오셔서 가난한 우리 집 형편을 알게 되는 게 싫었어.

그 날 아버지는 일을 나가셨고 엄마만 집에 계셨어. 영어 선생님은 차마 양녀 얘기를 꺼내지 못하고 아무 말 없이 차만 드시더니 그냥 가셨어. 양녀 삼는 문제를 의논하러 오신 게 분명한데 선생님께서 양녀 얘기를 꺼내지 않고 그냥 가신 정확한 이유는 나도 몰라. 하지만 조심스럽게 추측해본다면, 생각보다 가난했던 우리 집 형편을 보고 놀라기도 하셨고 그래서 이런저런 복잡한 생각들을 하시지 않았을까라는 생각은 해본다. 그 날 이후로도 나는 여전히 영어를 좋아했고 선생님도 좋았어.

어느덧 세월이 흘러 중학교를 졸업하게 되었어. 학교는 졸업했지만 영어 선생님은 항상 내 마음속 보고 싶은 선생님으로 남았어. 내향적이었던 나는 선생님이 보고 싶어도 용기 내어 찾아가 뵙지 못했단다. 그렇게 세월이 흘러 결혼하고 아이들을 키우면서도 여전히 선생님을 찾아뵙지 못했지.

내 나이 40대 초반 즈음이었을 거야. 나는 친구로부터 김옥기 영어 선생님이 돌아가셨다는 말을 듣게 되었어. 그 소리를 듣고 나는 너무나 마음이 아프고 슬펐어. 보고 싶은 선생님을 진즉에 한번 찾아뵙지 못한 것에 대해 후회가 되었어. 학창시절 내가 제일 좋아했던 영어 선생님은 그렇게 세상을 떠나셨대. 60대의 젊은 나이에 세상과 이별을 하셨단다.

그리움아, 이제라도 영어 선생님께 내 마음을 전해줄래?

김옥기 선생님!
선생님이 그렇게 저를 예뻐해 주시고 제자로 사랑해 주셨는데 저는 선생님의 사랑에 한 번도 보답하지 못했어요. 선생님, 많이 죄송해요. 저는 선생님을 그 누구보다 존경하고 좋아했어요. 선생님 얼굴이 지금도 제 눈에 선명하게 남아있는데 이제는 선생님을 뵐 수 없게 되었네요.

존경하는 분으로, 보고 싶은 분으로 남아주셔서 감사합니다. 저 또한 선생님의 마음을 잘 기억하고 잘 배워서 함께하고 있는 우리 아이들에게 좋은 선생님으로 남을 수 있도록 할게요.
선생님, 많이 보고 싶습니다.

몰입: 눈물이 되어 행복이 되어

몰입아, 안녕!

언제부터인지 알 수는 없지만 나는 너와 가까운 친구가 되었단다. 그래서 편안한 마음으로 편지를 써보려고 해. 너에게 들려주는 나의 이야기를 끝까지 들어주기 바랄게.

내가 좋아하는 일을 하다 보면 그 일에 완전히 몰입될 때가 많단다. 교회에서 절기 때는 솔로로 찬양을 부르지. 그때마다 머리에서 발끝까지 온 몸에 있는 에너지를 찬양 부르는 데 집중하게 돼. 찬양하는 동안 긴장도 많이 하기 때문에 끝나고 나면 기운이 빠지지만 그래도 몰입해서 찬양 부르는 것이 감사하단다.

지금 글을 쓰다가 생각나는 에피소드 하나 말해줄게.

우리 교회에서는 절기 때마다 선교회별로 앞에 나가서 찬양을 부르지. 그래서 절기가 가까워지는 주일이면 내가 속한 여전도회도 찬양 연습을 하게 된단다. 찬양연습을 지도하는데 너무 열심히 하다 보니까 오른쪽 허벅지의 실핏줄이 터졌어. 한두 개도 아니고 여러 개의 실핏줄이 터져서 피멍이 심하게 들었지. 처음 배우는 찬양이라 박자를 잘 맞추기 위해 허벅지를 손바닥으로 소리 나도록 때려가면서 연습을 했기 때문이야. 아픈 것도, 실핏줄이 터진 것도 모르고 몰입해서 연습을 했던 거지. 허벅지 피멍이 없어지기까지는 많은 시간이 걸렸단다.

그 다음 내가 좋아하는 일이 한 가지 더 있어. 그것은 바로 책을 읽는 거야. 책 속에서 지혜도 배우고 내가 알지 못한 많은 것을 배우기도 하지. 책을 읽으며 가끔은 글도 써보고 싶다는 생각을 하곤 했어. 하지만 내가 글을 쓸 수 있는 기회는 오지 않았단다.

그러던 어느 날 우연한 기회에 어느 원장님과 어린이집 일로 대화를 나누게 되었지. 대화를 마치고 원장님은 백미정 작가님이 있는 단체 카톡방에 나를 초대했어. 백미정 작가님은 책도 여러 권 출간하셨고, 글쓰기 코치로도 활동하는 분이셨지.

그 때 작가님은 여러 사람이 함께 모여서 글을 쓰는 공저 책 출판을 계획하고 계셨어. 그래서 나도 공저 글쓰기에 참여하게 되었단다. 책 제목은 바로《인생은 선물입니다》였어.

몰입아, 책 제목만으로도 의미 있고 아름답지 않니? 나는 그동안 내 인생을 선물이라고 생각해 본 적이 없었거든. 책 제목을 떠올리며 나는 곰곰이 생각했어. 인생은 하나님이 나에게 주신 소중한 선물이라는 것을 말이야. 그런데 나는 그동안 한 번도 그렇게 생각해본 적이 없었어. 하나님이 주신 귀중한 선물인 인생을 가치있게 생각하지도 않았고, 감사하며 살지도 않았다는 것을 새삼 깨닫게 되었지.

몰입아! 이제부터라도 소중한 선물로 나에게 주신 인생을 감사하며 값지게 살고 싶구나. 내 인생 안에 너도 함께해줄 거지?

공저 책은 '의미, 감정, 훈련, 죽음'이라는 네 개의 챕터로 33명의 작가들이 함께 완성했지. 8월 30일에 대구에서 책 출간을 기념하는 출간 파티를 한다고 연락이 왔어. 나는 출간 파티에 가야할지 가지 말아야 할지 고민을 많이 했어. 왜냐하면 우리 집에서 대구까지는 자가용으로 3시간 10분 정도가 걸리는데 8월 30일은 토요일이라서 차가 많이 막히는 날이었거든. 운전이 서툰 내가 직접 운전하고 가는 것도 어려운 일이었고, 기차를 타고 가려 해도 집 근처 기차역에는 대구까지 가는 기차가 없었어. 나는 기차가 있을 거라 생각하고 출간 파티에 간다는 약속을 해놓은 상태였거든.

할 수 없이 장거리 운전을 힘들어 하는 남편에게 출간 파티 날짜를 이틀 앞두고 부탁을 했어. 토요일이라 밀리는 것을 감안하면 왕복 10시간 정도 걸리기 때문에 자가 운전은 쉽지 않은 일이었지. 남편은 어쩔 수 없이 나의 간절한 부탁을 들어주게 되었단다.

오후 두 시에 시작하는 출간파티에 늦지 않게 가야했기 때문에 남편과 나는 8시 50분에 집에서 출발했어. 목적지까지는 예상대로 5시간 걸려서 도착했지. 우리는 출간파티 장소에 1시 50분에 도착해서 백미정 작가님을 만났고, 공저에 참여한 여러 작가들도 만났어. 준비되어 있는 포토존에서 사진도 찍고 처음 뵙는 작가님들과 인사도 나눴지.

드디어 2시가 되자 출간 파티가 시작되었어. 《인생은 선물입니다》 공저에 참여한 사람들 중 중학생이 한 명 있었고, 20

대부터 60대까지 다양한 연령층이었어. 참여한 작가들이 각자 쓴 글들 중에서 한 가지 글을 선택해서 낭독하는 시간을 가졌어. 나도 내가 쓴 글 중에서 '우리 다시 만나거든'이라는 제목의 글을 낭독하기로 했지. 평생 고생만 하다 63살 나이에 세상을 떠난 우리 엄마와 나의 추억을 담은 내용의 글이었어. 나는 평소에도 엄마를 생각하면 눈시울이 뜨거워지곤 해. 드디어 내 차례가 되었는데 글을 낭독하자 눈물이 쏟아지기 시작했어. 눈물이 너무 많이 나서 글을 제대로 읽을 수가 없었어. 그래서 낭랑한 목소리로 멋지게 낭독하려던 나의 계획은 수포로 돌아갔단다.

몰입아, 엉엉 울면서 글을 낭독하는 나의 모습이 상상 되니? 나도 지금까지 두 자녀의 엄마로 살아왔지만 엄마라는 존재는 나이가 들어도 마음속 그리움의 대상으로 남는 것 같아. 그동안 마음 한편에 담아 두었던 엄마의 존재가 글을 읽는 동안 눈물이 되어 흘러내렸단다. 낭랑하고 멋지게 낭독은 못했지만 의미 있는 좋은 시간이었단다.

낭독이 모두 끝나고 사회자는 축하해 주러 온 가족들에게 한 사람씩 나와서 소감을 얘기해 보라고 했지. 나와 함께 간 남편도 예상치 못했는데 갑자기 소감을 말해야하는 순서가 되었어. 남편은 많은 사람들 앞에서 차분하고 조리 있게 작가가 된 나를 축하해 주는 소감을 얘기했어. 그 때 남편에게 한없이 고마운 마음이 들었단다.

책 읽는 것을 좋아하는 나였는데 지금은 글까지 쓸 수 있는 작가가 된 것이 너무 감사하단다. 이 모든 것은 하나님의 은혜라고 생각해. 《인생은 선물입니다》 공저 출간에 이어 지금은 개인저서를 열심히 쓰고 있어.

어린이집 원장으로서 바쁜 일상이지만 토요일 시간을 이용해서 글을 쓰고 있단다. 앞으로도 계속 열심히 글을 쓰는 작가가 되고 싶어. 조금은 힘들 때도 있지만 글 쓰는 시간은 나에게 행복을 선물해주는 시간이기도 하거든.

너와 친구가 되었기에 글을 쓰는 것도 몰입해서 할 수 있게 되었단다.

앞으로도 나와 함께해 줄 거지?

수용 : 나에게 주신 시간 속에서

황혼이 가까워지는 나이가 되면 사람은 어릴 적 추억을 회상하며 그 시절과 함께 했던 사람들이 떠오르기도 하지.

추억들 속에는 아름다운 것도 있지만 아픈 추억들도 많이 있어. 그 중에는 세월이 흐르고 강산이 여러 번 바뀌어도 머릿속에 생생하게 남아있는 것들도 있지. 수많은 추억 중에 너에게 들려주고 싶은 이야기가 있어. 내 이야기에 귀 기울여 주렴.

4남매를 두셨던 우리 할머니는 할아버지의 두 번째 부인으로 할아버지와 연을 맺으셨어. 첫 번째 부인인 할머니가 딸 하나를 낳고 세상을 떠나셨기 때문에 두 번째 부인으로 할머니를 맞이하게 된 거란다. 할머니는 첫째 할머니가 낳은 딸 한 명과 자신이 낳은 남매 세 명, 이렇게 4남매를 기르셨지.

할머니가 낳은 삼 남매 중 첫째가 우리 아버지셨고, 둘째와 셋째는 딸이었어. 두 명의 딸보다 하나밖에 없는 독자 아들이 성공하기를 간절히 바라셨지. 그래서 할머니는 하루도 빠지지 않고 매일 새벽마다 방 윗목에 상을 펴놓고 상위에 새 물을 떠다 놓으셨어. 몸을 깨끗이 씻고 깔끔한 한복으로 옷도 갈아 입으셨지. 그런 다음 아들의 성공을 위해 무릎 꿇고 알지 못하는 신에게 간절히 기도했어. 아버지는 공무원으로 당시로서는 좋은 직장을 다니게 되셨어. 이 일은 내가 태어나기 전에 있었던 일이니까 엄마로부터 들은 이야기란다.

아버지는 공무원 생활을 하시면서 비교적 높은 자리까지 승진하셨지. 당시에 그 지역 면에서는 면장이 가장 높은 자리였고, 면장 바로 밑에는 산업계장이라는 직책이 있었는데 아버지는 산업계장을 하고 계셨어. 우리 집은 논밭도 많았고 대궐 같이 큰 집에서 살았어. 일꾼과 식모가 가정 일을 돌봐줬지. 하지만 세상은 항상 내가 원하는 대로 흘러가지는 않는 것 같아.

세상 만물은 하나님의 말씀으로 지음 받았고, 사람도 하나님이 창조했기 때문이라고 생각해. 지음 받은 우리들이기에 하나님의 섭리와 능력을 인정하고, 그 분의 인도를 받으며 사는 삶이 무엇과도 바꿀 수 없는 복된 삶이라고 할 수 있지.

지금 내게 있는 것들이 하나님을 떠난 삶에서 얻어진 것들이라면, 바람에 날리는 허무한 존재가 될 수도 있거든. 그렇기 때문에 우리는 하나님 안에서만 참 평안을 누리며 살아갈 수 있어. 그런데 많은 사람들은 내 맘대로 살기를 좋아하고 내 스스로 뭐든지 할 수 있다고 생각하지. 내가 계획한 대로 어떤 일이든 이루어지고 잘 될 거라는 막연한 자신감과 가진 재물도 내 능력으로 지킬 수 있다고 생각하며 살아가고 있어.

할머니의 간절한 바람 속에서 아버지의 출세와 더불어 우리 가정은 모든 것을 누리며 사는 듯했어. 그런데 그런 생활이 언제까지나 이어지지는 않았어. 그 당시 우리 동네는 가난하게 사는 사람들이 많았지. 사람들은 농협에서 돈을 빌려 쓰기도 하고, 개인에게 사채를 빌려 쓰는 사람도 많았어.

동네가 비교적 컸기 때문에 가구 수도 많았지. 지금은 돈을 빌리면 자기가 소유한 집이나 땅 등의 부동산을 담보로 대출을 받지. 하지만 그때는 담보 잡힐 부동산이 없으면 재산을 가진 사람이 대신 보증을 서줘야 돈을 빌릴 수 있었어. 그래서 할아버지는 동네 사람들 빚 보증을 많이 서주셨어. 할아버지가 보증 서준 사람이 돈을 갚지 못하면 할아버지가 대신 갚아줘야 했지. 논밭이 채권자의 손에 넘어가게 되었어. 할머니는 그 일 때문에 괴로워하시다가 결국 정신 이상 증세까지 보이게 되셨단다.

어느 날 할머니는 길거리에서 이상한 것들을 주워서 집으로 가져오셨고, 먹지 못할 음식을 주워 오셔서 나에게 주며 먹으라 하시기도 했어. 정신 이상 증세 때문에 그런 행동을 하게 된 거야.

집안 형편이 어렵게 되자, 그때부터 아버지도 괴로워서 술을 마시기 시작했어. 술을 잔뜩 마시고도 괴로움을 이겨낼 수가 없어서 길에 누워 계시다가 위험한 상황에 처한 적도 많았어. 또 술을 마시고 집에 들어오시는 날에는 엄마에게 화풀이를 하셨지. 아버지의 거친 행동으로 엄마의 몸과 마음도 차츰 병들어 갔어. 일꾼과 식모도 더 이상 둘 수가 없는 형편이라 모두 내보내야 했지.

어느 날 아버지는 퇴근길에 술을 잔뜩 마시고 큰 길가로 걸어오고 계셨어. 어두운 밤길을 비틀거리며 걸어오시다가 길 옆 낭떠러지 도랑에 빠져서 다리를 크게 다치셨어. 그 시절에는 지금처럼 의술이 발달한 시대가 아니었기 때문에 제 때 치료도 받지 못했지. 그 후로 아버지는 한쪽 다리가 불편해지셔서 걸음을 걸을 때 절뚝거리게 되셨어. 그럼에도 아버지는 계속 삶을 한탄하며 술을 마셨고, 술을 마시면 길거리에서 잠을 자는 날도 많았어. 결국 공무원 생활도 그만두게 되셨지. 우리 집도 빚 보증 때문에 다른 사람의 손에 넘어가게 되었어.

수용아, 아버지의 또 다른 얘기를 들려줄게.

아버지는 돌아가신 분들의 장례식 때 상여 앞에서 부르는 상여소리를 하셨어. 지금은 사람이 죽으면 화장터에 가서 화장을 하거나, 장례차에 태우고 가서 묘지에 묻어주지. 하지만 내가 어릴 적에는 사람이 죽으면 시체를 관에 넣고 못을 박은 후에, 상여에 넣어서 묘지까지 가야 했어. 여러 명의 장정들이 상여를 어깨에 메고 장지까지 걸어서 갔지. 상여를 메고 가는 동안 한 사람은 가락에 맞춰 노래를 불렀어. 이 노래를 상여소리라고 하는데, 일종의 장송곡이라고 할 수 있지. 맨 앞에서 선창으로 가락에 맞춰 노래를 부르면, 상여를 맨 사람들은 후창으로 따라서 부르는 방식이야. 상여 뒤에는 고인의 죽음을 슬퍼하며 울면서 뒤따르는 가족들이 있었고, 그 뒤를 이어 죽은 사람을 애도하는 친척들이 뒤따랐지.

아버지는 동네 사람들이 세상을 떠날 때마다 상여 앞에서 상여소리를 하며, 이 세상을 떠나는 사람의 길을 장지까지 안내하는 '요령잽이' 역할을 했어.

아버지는 공무원 생활을 오랫동안 했던 사람이고 글도 잘 쓰는 분이셨어. 제사 지내는 날이 다가오면 제삿장 위에 붙여 놓고 제사를 지내는 '지방'이라는 것이 있는데, '지방'은 한자로 써야 했어. 사람들은 제삿날이 다가오면 아버지를 찾아와서 지방을 써달라고 부탁하곤 했지. 아버지는 한자로 된 책도 쓰셨고, 다방면으로 해박한 분이셨어.

나의 외모는 아버지를 쏙 빼닮았단다. 어쩌면 음악 쪽에 소질이 있는 것도 아버지를 닮아서이지 않을까라는 생각도 해. 아버지는 능력도 있는 분이셨고, 리더십도 있었지만 허무하게도 무너져 가는 가정을 일으켜 세울 수는 없었어.

사람은 상황에 따라 주의를 기울이면서 행동을 조심하고 살피며 살아야 할 때가 있지. 하지만 그렇게 산다고 해도 내 맘대로 되지 않는 것이 인생인 것 같아. 어릴 적 우리 집을 보면서도 많은 것을 깨닫게 되니까 말이야. 우리는 누구도 장래 일을 예측할 수 없는 나약한 사람들이지. 어쩌면 그런 것들은 영적 문제이기 때문일지도 몰라.

우리는 하나님이 창조한 피조물로서 하나님을 찬양하고 섬기며 살아가야 해. 하나님 안에서만 참 평안을 누릴 수 있고 하루하루 감사하는 삶을 살 수 있기 때문이지. 또 미래에 닥칠지도 모를 환난을 미리 막아줄 수 있는 분이 세상을 창조하신 하나님이시니까 말이야.

내가 초등학생 때 부모님은 교회에 다니기 시작하셨고, 나도 부모님을 따라 교회에 다녔어. 그것은 나에게 무엇과도 바꿀 수 없는 부모님이 주신 소중한 선물이었단다. 그 때의 신앙생활을 계기로 나는 하나님을 미약하게나마 알 수 있었거든. 그러고 보니 아버지가 나에게 남겨 주신 것이 많이 있구나.

그렇게 파란만장한 삶을 사신 아버지는 엄마를 먼저 하늘나라에 보내고, 외롭게 사시다가 72세의 나이에 세상을 떠나셨단다.

너에게 나의 기억과 생각을 털어놓고 나니 받아들인다는 것이 인생의 지혜 중 하나인 것 같아. 부모님의 파란만장했던 삶도, 모든 것이 하나님의 섭리하심이라는 것도 받아들이게 돼. 앞으로 나는 또 어떤 삶의 모습들을 만나게 될까? 어떤 것들을 받아들이게 될까?

미래에 펼쳐질 모든 것이 하나님의 계획 가운데 있음을 믿고, 나에게 주어진 시간 속에서 하나님의 자녀답게 살아가는 사람이 되고 싶어.

수용아!
지금처럼 나와 함께해 줄 거지?
너의 넓은 마음을 늘 배울게.
내 이야기를 들어주어 고마워.

제3장

해피아이

사랑해: 진심은 영혼을 살린다

사람들은 흔히 '어린이는 우리의 미래'라고들 말한다. 나는 이 말을 들을 때마다 어깨가 뻐근해지는 무게감을 느끼곤 한다. 우리의 미래는 그저 얻어지는 것이 아님을 알기 때문이다. 또한 우리의 미래를 짊어질, 아니 우리의 미래 그 자체인 어린이를 밝은 미래로 이끌어 주는 일이 곧 나의 일이라고 생각하기 때문이기도 하다.

밝은 미래라 하니 매우 거창하고 다소 먼 이야기처럼 들릴 수도 있다. 아이들에게 밝은 미래를 선물하기 위해 '유아교육의 중요성'은 아무리 강조해도 지나침이 없다. 아이들은 어른들, 다시 말해 양육자의 사랑과 관심으로 자란다. 어떤 양육자와 교사를 만나느냐에 따라 아이들의 성격과 발달이 크게 달라진다.

나는 20여 년간 유아교육 현장에 있으면서 다양한 사례를 수없이 경험했다. 매년 신학기마다 아이들을 잘 지도하기 위해 결연한 의지와 각오로 담임을 맡고, 우리 반 아이들을 가슴으로 낳는다. 내가 맡은 아이들은 적어도 그해에는 내 새끼들이기 때문이다.

아이들에게 나는 교사일 뿐 아니라 엄마이자 친구이기도 하다. 나의 말과 행동 하나하나는 아이들에게 거울이 되어 발달과 성장에 영향을 미친다. 그래서 섣불리 아이들을 대할 수 없기에 나 자신을 돌아보고 성찰해보는 기회를 수시로 갖는다.

나는 만 0세부터 5세까지 수많은 아이의 담임이 되어 교육과 놀이로 함께해 왔다. 그런 가운데 양육자와 교사에 따라 영유아의 긍정적, 부정적 발달사례도 다양하게 접해왔다. 지금부터 나의 경험을 통해 아이들의 발달 과정을 들여다보려고 한다.

첫 번째는 4세(만 2세), 태린이(가명, 여자아이)의 이야기다. 태린이는 경계성 자폐 스텍트럼 양상을 보이는 아이다. 자폐

스펙트럼은 그 경우가 매우 다양한데, 태린이에게 특징적으로 보이는 문제는 사회성 결여다.

작년에 1세 반으로 처음 입학하여 적응 기간을 거치면서 울지 않고 등원하는 습관은 형성되었다. 담임교사와 같은 반 친구들과는 큰 불편함 없이 지내는 편이었지만 다른 사람이 교실에 들어오면 불안해하고 무서워하는 모습을 보였다. 특별활동 시간에 외부 강사가 교실에 들어올 때마다 큰소리로 울음을 터뜨리기도 했다. 우는 아이를 특강에 참여시키기가 힘들어서 태린이는 한 해 동안 특강에 참여하지 못했다.

나는 올해 태린이 담임을 맡으면서 작년 선생님과는 다른 방법으로 태린이를 지도했다. 새로운 사람과 만나는 것은 어른인 나도 때로는 불편하고 긴장되는 일이다. 하지만 내가 새로운 사람들과의 만남을 두려워하지 않게 된 것은, 다양한 만남을 통해 쌓인 좋은 기억이나 경험들이 있기 때문이다.

나는 태린이가 많은 사람과 만날 수 있도록 특강 활동이나 외부활동에 적극적으로 참여시켰다. 또 담임인 내가 믿을 수 있는 사람이라는 인식을 심어주기 위해 노력했다. 태린이가 나를 신뢰하고 따를 수 있도록 사랑해주고 기다려주며 학기 초를 보냈다.

아이들과의 신뢰 형성은 그다지 어렵지 않다. 그저 진실한 마음으로 사랑해주면 된다. 어린 아이들이나 반려견처럼 순수한 대상들은 마음과 행동으로 사랑을 주는 것을 금방 알아차린다.

나는 태린이를 많이 안아주며 '넌 참 사랑스럽고 소중한 존재야.'라고 진심을 담은 마음을 주었고, 웃는 모습을 잃지 않았다. 마음이 담겨있지 않은 미소는 아이들에게 전해지지 않는다. 말보다 눈으로 미소로 사랑을 전하고 한두 달이 지났다.

이번에는 점차 언어로 이야기해주기 시작했다.

"선생님은 태린이를 사랑해."

"넌 할 수 있어."

"태린이 대단하다."

"태린이가 이것도 했어? 최고!"

이렇게 놀이 상황에서 칭찬으로 상호작용해주자 태린이에게 놀라운 변화가 일어났다. 특강 선생님을 보며 울어대던 태린이가 차츰 선생님을 반기며 까르르 웃고 수업에 참여하게 된 것이다.

처음에는 교사인 나에게서 떨어지지 않으려고 무릎에 앉아 있기만 했고, 수업에는 관심이 없는 듯했다. 하지만 지금은 어떤 수업이든 거부감 없이 참여한다. 이렇게 변화한 태린이의 모습에 다른 선생님들도 놀라워한다.

눈맞춤이 어려웠던 아이가 서서히 눈을 맞추고 내 부름이나 질문에 대답을 한다. 말을 못하던 태린이가 내가 알려준 동물 이름을 다 기억해서 대답할 때 가슴 벅찬 감동을 느꼈다.

자폐는 불치병이 아니다. 주변의 긍정적인 자극에 의해 더디지만 좋아질 수 있음을 확신한다. '다르다.', '안 된다.'라는 인식이 우리의 노력을 방해하는 경우를 나는 왕왕 마주한다.

태린이 엄마는 베트남 분이고, 아빠는 우리나라 사람인데 밤에 일하는 직업이라 낮에는 주무신다고 한다. 그런 가정환경 때문에 태린이는 어려서부터 주변 자극을 다양하게 경험하지 못했다. 또 엄마가 한국말을 못해서 적절한 시기에 습득해야 할 언어발달에도 부정적 영향이 있었음을 알 수 있었다.

교사인 나는 태린이의 이런 가정환경을 고려하여 다양한 방법으로 언어발달을 도왔고, 입 모양을 보여 주며 따라서 말하도록 하는 훈련도 함께 했다. 이런 교육이 반복되자 태린이는 한 단어씩 말을 하기 시작했다. 단어 말하기가 시작되면서 언어발달은 가속화되었고 지금은 짧은 문장까지 말할 수 있게 되었다.

말이 트이자 친구들과의 놀이도 활발해지고 감정표현도 자연스러워졌다. 울거나 짜증 내는 일도 거의 볼 수 없게 되었다.

태린이는 새로운 옷이나 음식에 대한 거부감도 강하게 드러내곤 했다. 새로운 옷을 안 입으려 하거나, 처음 먹는 음식은 안 먹으려고 거부했다. 이런 현상은 보통 아이들에게도 흔히 나타나는 현상이다. 이때 범하기 쉬운 실수는 아이의 감정을 무시하고 강압적으로 양육자의 의도대로 시도하거나, 아이가 거부한다고 너무 쉽게 포기해버리는 경우다. 이 두 가지 오류를 범하지 않으려면 아이가 불편해하는 상황을 이해하고, 불편함을 덜어주거나 제거해 줌으로써 아이가 서서히 적응하도록 해야 한다.

그리고 아이와 눈을 보며 이야기하는 것이 중요하다. 새 옷은 거부하고 같은 옷만 매일 입으려 했던 태린이에게 내가 한 말은 "태린이가 이 옷을 정말 좋아하는구나."였다. 태린이 마음을 먼저 공감해주고 난 후 "이 옷에는 먼지나 세균이 묻어서 깨끗이 빨아서 입어야 해.", "새 원피스 입으면 너무 예쁠 것 같은데 한번 입어 볼까?"라고 웃는 얼굴로 권유했다.

아직 언어가 서툰 태린이가 알았다고 고개를 끄덕이고 새 옷을 입으면 "와! 우리 태린이, 공주님처럼 너무 예쁘다."라고 칭찬하며 긍정적 경험을 쌓아갔다. 특강 퍼포먼스 활동 시에도 다양한 의상을 입어보도록 같은 방법을 시도했다. 그렇게 해서 태린이는 새로운 자극에 대한 거부감을 극복해 갈 수 있게 되었다.

감각통합 증후군을 가지고 있는 아이들의 경우 까슬거리는 느낌, 큰 소리 등을 불편해하는 경우가 많다. 이런 경우 약한 자극부터 출발하여 점차 일상생활에서 경험할 수 있는 다양한 소리와 자극을 경험하도록 도움을 줘야 한다. 싫어하는 자극이라고 무조건 피하게 되면 자연스러운 일상생활조차 힘들어하는 아이가 될 수 있다.

그렇기 때문에 아이 개개인의 경우와 발달단계를 고려하여 적절한 자극에 노출되도록 도움을 줘야 한다. 이 과정에서 중요한 점은 가정과의 상호협력 및 연계이다. 주 양육자인 부모와 교사는 서로 소통하며 같은 방향으로 아이를 지도해야 한다. 그래서 교사인 나는 끊임없이 부모와 상의하고 가정에서도 같은 방법으로 지도할 수 있도록 부모교육이 이루어졌다.

매일의 활동사진과 동영상을 비롯한 활동내용을 '키즈노트' 라는 앱에 올렸다. 교사에 따라 사진, 영상을 주 1회 또는 2회 정도 올리기도 하지만 나는 매일 올리며 필요한 경우에는 피드백도 실시했다.

미래에는 많은 직업군이 AI로 대체 될 것이라는 걱정과 불안이 섞인 말들을 자주 접한다. 그러나 영유아를 돌보고 교육하는 일은 어떠한가? 기계적으로 아이들을 돌본다면 좋은 교사라고 할 수 없을 것이다. 아이들마다 개성이 다르고 발달과 욕구가 다르기 때문에 교사는 아이들의 반응에 민감하게 대처하며 놀이와 수업을 반영해야 한다.

이런 점에서 보육교사는 AI로 대체되기 어려운 부분이라 하겠다. 그만큼 매 순간 긴장하며 최선을 다해야 하는 일이라 쉬운 직업은 아니라는 생각이 든다. 하지만 사람을 사람답게 성장시켜 주는 매우 중요한 직업이기도 하다. 오늘도 나는 교사로서 사명감과 뿌듯함을 가지고 우리 아이들을 대한다. 나는, 사람을 살리는 사람이다.

원장님의 편지

태린아 안녕? 이렇게 너에게 편지를 쓰면서 원장 선생님이 태린이를 처음 만났던 날을 떠올려 보게 되네.

태린이 너는 귀엽고 예쁜 얼굴의 아이란다. 태린이가 세 살 때, 태린이보다 한 살 많은 언니와 함께 우리 원에 입학했어. 다문화 가정에서 태어난 너희 둘은 한국말을 한마디도 못하는 아이들이었어. 엄마가 외국인이시고 집안에서만 생활했기에 언어 자극을 받을 수 없는 환경 속에서 자라서 그랬을 거라 생각해.

태린이의 아빠는 낮에는 잠을 주무시고, 밤에 일을 하셨기 때문에 아빠와의 놀이나 상호작용도 거의 이루어지지 않는다고 하셨지. 태린이와 태린이의 언니는 어린이집 생활을 1년 정도 함께하는 동안, 일상생활부터 언어까지 처음 등원했을 때 모습과 비슷했단다.

태린이는 올해 3월부터 새 학기 반으로 가게 되면서 박태신 선생님을 만나게 되었지. 그 후 지금까지 몇 달의 시간이 흘렀어. 특강 활동에 참여하는 것을 불안해하고 힘들어했던 네가 웃으면서 특강에 참여하는 씩씩한 아이가 되었고, 한 마디 말하는 것을 힘겨워하던 네가 필요한 것이 있으면 울음이 아닌 말로 표현하는 아이가 되었단다.

선생님은 자유놀이 활동 시간에도 몸으로 너희들과 함께 놀아주셨고, 이제 네살인 너희들이 언어를 배우는 데 도움을 주기 위해, 끊임없이 상호작용하면서 언어로 모델링을 보여주셨지. 박태신 선생님의 너희들을 향한 열정과 애정은 남달랐어.

그 결과 너는 많은 변화와 성장을 가져왔단다. 이제는 친구들과 소통하는 태린이의 모습을 보며 원장 선생님은 감동했어. 그동안은 모든 요구사항을 울음으로 표현하다 보니 말을 자연스레 할 수 있는 친구들끼리만 무리 지어 활동을 했지. 친구들의 놀이 활동에 함께하지 못하던 모습에서 친구들과 대화하며 놀이하는 너로 바뀌었단다.

언어로 소통이 힘든 가족과 함께 생활하면서 원하는 것이 있을 때는 무조건 큰 소리로 울어버리는 습관 때문에 네 뜻대로 되지 않는 일이 생길 때마다 교실이 떠나갈 듯 울곤 했지. 그런데 이제는 교실에서 울음소리를 들을 수 없고 웃음과 대화 소리만 들리는 행복한 교실이 되었단다.

태린아! 너에게 자존감과 자신감을 길러준 박태신 선생님이 한없이 고맙구나. 앞으로도 박태신 선생님처럼 좋은 선생님을 만나 자신감, 자존감이 쑥쑥 자라길 바랄게. 그래서 원장 선생님은 우리 태린이가 세상을 향해 힘찬 날갯짓을 하는 멋진 리더로 성장하기를 기대한단다. 태린이가 어른이 되어서도 이 편지를 간간이 읽어보면 좋겠어. 그리고 기억해 주렴. 태린이의 행복을 위해 함께 했던 해피아이와의 추억을 말이야.

　사랑해 태린아.

　　　　　　　　언제나 태린이를 응원하는 원장 선생님이.

2

빛나: 너의 눈빛과 말투

놀이중심 교육은 교육인가 놀이인가?

말 그대로이다. 놀이 중심이란 놀이가 중심이 되어야 한다는 뜻이다. 그럼 놀이가 중심이 되지 않는 놀이란 무엇일까? 놀이가 빠진 학습이 중심이 되거나 교사 중심이 된 상황을 말할 수 있을 것이다.

나를 비롯한 70, 80세대는 초등교육에서부터 주입식 교육을 바탕으로 한 단체수업을 받았다. 지금 MZ 세대와는 아주 다른 교육방식이었다. 지금 세대들이 개성이 강하고 자기주장을 잘 펼칠 수 있었던 이유는 무엇일까? 취학 전 유아교육에서부터 아이들의 개별성을 존중하고 창의력과 사고력을 향상시킬 수 있는 교육으로 우리의 교육이 변화를 거듭하면서 이룬 결과라고 할 수 있겠다.

기성세대는 취학 전 유아교육을 받지도 못하고 다수의 인원이 한 반에서 초등교육을 받았다. 개인차를 고려하지 않고 일괄적으로 같은 교육을 해왔던 것은 과거 교육시설과 수준이 뒷받침되지 못한 상황이라 불가피했을 것이다. 많은 인원을 진도에 맞춰 수업을 끌고 가야 하기 때문에 교사는 자기표현의 기회, 질문할 기회, 경험하며 배울 기회를 충분히 제공할 수 없었으리라 생각된다. 그러한 교육에 익숙해지며 성장한 세대는 사회에서 활약하며 국가의 성장발전에 도움이 되는 인재로 쓰임 받는 사례가 많았을 것이다. 이와 반대로 획일화된 교육에 적응하지 못한 경우 자신의 목소리를 내고, 내가 좋아하는 과목이나 분야만 집중할 수 있는 기회는 얻지 못한 경우도 많지 않았나 싶다.

유아교육 현장에서 시조새 같은 나는 과거의 유아교육, 표준보육과정, 누리과정을 모두 경험하고 거쳐 오면서 그에 따라 아이들 성장에 미치는 영향이 상당함을 느낄 수 있다. 내가 처음 유아교육기관에서 아이들을 가르칠 때는 '놀이'라는 말이 없었다. 학습이라는 말이 친숙했고 부모님들은 유치원이나 어린이집에서 하원하면 제일 먼저 "오늘 뭐 배웠어?", "공부 많이 했어?" 하고 물어보곤 하셨다.

과거의 유아교육기관은 학원 쪽에 가까운 듯했다. 그때의 난, 열심히 가르치는 교사로 아이들에게 하나라도 더 알려주려 노력했던 기억이 떠오른다. 그렇다면 그런 교사의 노력이 잘못되었던 것일까? 지금의 교육에서 놀이 중심이라는 타이틀을 볼 때 그때의 교육에 문제가 있었음을 생각해 볼 수 있겠다. 교사가 중심이 되어 주입식으로 지식을 전달하고 그런 학습 과정을 반복한다면 아이들은 본인의 경험으로 얻어진 지식보다 오래 기억하지 못한다. 아이가 즐겁게 경험하면서 배우게 하는 것은 무엇보다 중요하다.

놀이 중심으로 유아교육이 바뀌면서 교육계획안조차도 교사가 일괄적으로 짜놓지 않는다. 놀이를 주의 깊게 관찰하고 유아의 흥미와 관심을 반영하여 탄력적으로 주제를 정하며 놀이를 지원한다. 교사가 주제를 정해놓고 수업 준비를 해놓았는데 느닷없이 유아들이 다른 주제에 흥미를 보이고 놀이하려 한다면 교사는 준비해 온 수업으로 이끌어 가려고 하기 때문에 유아의 흥미와 관심을 무시하는 실수를 범할 수 있다.

이제 처음 질문으로 돌아가 보자. 그렇다면 '놀이는 그냥 노는 것인가?'라는 문제이다. 나는 처음 놀이중심 교육과정으로 바뀌면서 교사 교육을 갔을 때의 기억이 생생하다. 교사들이 수군거리는 소리로 '이제 아이들을 그냥 놀리면 편하겠구나.'라며 좋아하는 모습을 볼 수 있었다.

그러나 놀이중심 교육이 해를 거듭하면서 교사는 더 바쁘고 아이들에게 해줄 것이 많다는 것을 경험으로 알게 되었다. 아이들은 놀이하면서 배운다. 모래놀이를 하는 과정 중에서도 사회관계, 예술 경험, 의사소통, 신체활동, 건강, 일상생활 훈련을 동시에 습득하는 상호작용이 일어난다.

"우리 모래로 맛있는 밥을 지을까?"

"좋아, 내가 엄마 할게." 하며 모래로 놀이를 할 때에도 사회관계와 의사소통을 놀이를 통해 배울 수 있다. 또 다른 친구들이 말한다.

"모래 틀로 타요버스 모양을 찍어볼래."

"난 모래로 성을 만들 거야." 하며 예술 경험을 하기도 하고 모래를 퍼서 나르고 쌓으며 신체운동 능력을 향상시키기도 한다. 놀이를 마치고 놀잇감을 스스로 정리하면서 일상생활 훈련을 하고 손을 씻으며 청결을 배운다. 이처럼 놀이 중에는 한 영역씩 나누어 배우는 것이 아니라 모든 영역이 협력하며 동시에 배움이 이루어진다.

또한 영유아 시기에 놀이를 하면서 즐겁게 경험한 부분은 영유아에게 자존감을 형성해 준다. 놀이에서 얻어진 긍정적 경험과 지식은 뇌의 장기기억 저장소로 이동하여 기억되는데 이러한 지식과 기억은 성인이 되어서도 삶에 좋은 영향을 끼친다.

그러므로 놀이는 교육이 아니라 아이가 스스로 배우는 과정이라 할 수 있겠다. 여기에서 교사는 관찰하고 지원하는 역할을 성실히 해줌으로써 아이들의 자발적 배움이 극대화되도록 도와주면 된다.

한 가지 사례를 더 소개하고자 한다. 은채는 만 4세반 여자친구이다. 은채 엄마 아빠는 몽골분이시고 우리 말은 많이 서투서서 원활한 의사소통에는 다소 어려움이 있다. 앞에서 소개한 지선이와 연령이 같고 다문화이면서 가정에서 한국말을 원활히 배우기 어렵다는 공통점을 가지고 있다.

그러나 그러한 공통점과는 확연히 다른 면을 은채는 가지고 있다. 은채는 사회성이 매우 좋으며 새로운 자극을 즐기고 호기심이 많으며 자존감이 높다. 그리고 무엇보다 만 2세 중 가장 말을 잘한다. 한국말을 잘하지 못하는 부모와 함께 살고 있는데 어떻게 은채는 말을 잘할 수 있었을까?

그 해답은 바로 '놀이'에 있다. 은채가 놀이하는 모습을 관찰하였는데 은채는 역할놀이를 매우 좋아하는 성향을 보였다. 교사인 나는 놀이를 주도적으로 이끈 게 아니라 놀이에 참여하면서 다양한 어휘를 구사하며 언어의 모델링을 보여주었다. 역할놀이를 하며 은채가 내게 이야기한다.

"선생님, 나는 아기 이모예요. 엄마가 회사 가서 내가 아기를 돌봐주고 있어요." 은채는 단순하게 엄마, 아빠 역할뿐 아니라 이모, 고모, 옆집 아주머니 등 다양한 역할을 설정하고 놀이한다.

은채가 따스한 눈빛으로 아기를 바라보며 소중히 안아주는 모습에 순간 은채 주변이 환하게 밝아지는 착각을 하기도 하였다.

"그렇구나, 은채 이모는 아기를 참 예뻐하나 봐요."

"네. 아기가 배가 고파서 제가 우유를 준비해서 먹여야 해요."라며 소꿉놀이 우유를 전자렌지에 데우는 시늉을 한다.

"아기가 으앙! 하고 울고 있네. 너무 뜨겁지 않게 우유를 데워서 어서 먹여요, 은채 이모."

나는 역할놀이를 하는 은채의 모습 속에서 사랑스러움을 느꼈다. 은채의 맑은 눈빛과 마음씨에 나의 마음도 정화되는 듯 미소가 번졌다.

놀이를 거듭하자 점차 은채의 어휘가 다양해지고 때로 내 말의 억양까지 따라 하는 것을 알 수 있었다. 언어가 발달하면서 놀이가 원활해지자 교사인 나는 놀이에서 한 발 물러나 관찰하며 은채의 놀이가 더욱 주도적으로 확장될 수 있도록 격려하였다. 놀이에서 역할이 다양해지고 세분화되면서 친구들에게 은채가 역할을 제시하기도 하고 모델링을 보여주기도 하는 모습이 보였다.

친구 두 명이 서로 엄마 역할을 하겠다고 다투자 은채가 "한 명은 큰 엄마를 하고 한 명은 언니를 해보는 건 어떨까?" 제안을 하기도 했다. 어린아이지만 배려가 있고 마음이 따뜻한, 너무나 사랑스러운 아이라는 생각이 내 마음도 따뜻하게 해주었다.

놀이를 통해 언어뿐 아니라 사회성, 창의성, 신체 발달까지 할 수 있었던 것이다.

앞서 사례로 든 태린이는 두려움을 느끼거나 하기 싫어하는 부분을 교사 또는 부모가 대신해주거나 회피하게 했던 반면, 은채는 엄마, 아빠가 언어가 서툴지만 다양한 경험을 할 수 있도록 제공해 주셨다. 거기서 가진 긍정적 경험들을 바탕으로 원에서의 놀이를 통해 비약적인 발달이 이루어지는 것을 볼

수 있었다. 교사로서 내가 한 일들은 미미할 수 있지만 은채의
성장은 눈부시고 항상 빛났다. 하늘의 천사 같은 우리 은채,
은채의 애교 있는 말투와 사랑담은 미소는 매 순간 나를 행복
하게 한다.

원장님의 편지

은채야, 안녕!

은채가 처음 우리 원에 왔을 때는 한 돌이 막 지났을 때였어. 엄마와 아빠는 외국인이셨지. 은채 엄마는 은채와 함께 은채 이모 댁에서 생활했고, 아빠는 한국에 안 계신다고 하셨어.

은채 엄마가 한국말을 못해서 원과의 소통은 은채 이모와 했지. 은채가 걷기 시작하면서부터 몸을 많이 움직이며 외향적인 성향이 많이 보였어. 움직이기를 좋아하는 은채는 넘어져서 교구장이나 책상에 부딪쳐서 다칠 때도 여러 번 있었지. 다른 부모님들도 마찬가지이지만 은채 엄마 역시 은채가 다치는 것을 많이 속상해 하셨어. 원장 선생님도 은채가 다치는 것 때문에 속상하고 마음이 아팠단다.

엄마, 아빠 모두 외국 분이라 한국말을 늦게 할 거라고 생각했는데, 은채는 꽃잎반 친구들 중에서 말을 제일 잘하는 아이였어. 어떤 활동이든 앞장서서 적극적으로 참여했고 활달한 아이였지.

올해 3월 신학기에 은채는 새 담임을 만나 꽃잎반에서 생활하게 되었어. 선생님은 아이들 곁에서 늘 함께하며 상호작용을 쉬지 않았고, 흥미로운 활동이 연계되도록 놀이 활동을 지원해 주셨어. 아이들의 기질과 성향을 파악해서 적절하게 대처해 주시는 선생님 덕분에 은채는 한 번도 다친 적이 없었단다.

모든 활동에 항상 재미있게 적극적으로 참여하는 은채의 모습을 보면 무척 대견하기도 하고, 선생님께 대한 고마움도 느껴진단다.

영유아교육기관에서 아이들을 지도하는 선생님들은 아이를 사랑하는 마음은 남다를 거라 생각해. 하지만 너희들의 기질과 성향에 맞게 긍정적인 상호작용으로 아이들을 이끌어주는 선생님들의 교육 방법은 다 다르단다. 은채가 좋은 선생님을 만나 잘 성장해 주고 있어 원장 선생님은 참 기뻐.

은채에게 편지를 쓰며 은채를 멋지게 지도해주고 계신 선생님께도 편지를 쓰고 싶어졌어.

항상 긍정의 언어로 아이들에게 좋은 모델링이 되어 주시며 할 수 있다는 용기와 자신감을 심어주는 선생님, 감사해요.

선생님은 아이들에게 행복을 선물해 주는 좋은 교사랍니다. 꽃잎반 아이들은 선생님을 담임으로 만나 하루하루 행복한 어린이집 생활을 하고 있어요. 선생님의 크신 사랑으로 아이들 모두 자존감의 씨앗이 무럭무럭 자랄 거라 생각해요.

일생에서 가장 중요한 영유아기 시절, 아이들에게 긍정의 에

너지를 선물해 주는 선생님은 아이들에게 희망의 등불이랍니다. 감사합니다 선생님.

은채야! 앞으로 너의 미래는 밝게 빛날 거야. 왜냐하면 너의 곁에는 좋은 어른들이 많으니까. 원장 선생님이 은채에게 쓴 편지를 언제 읽게 될지는 모르겠지만, 너의 미래를 응원하는 원장 선생님은 진심으로 편지를 썼단다.

지금처럼 건강하고 밝게 무럭무럭 자라줘. 우리 은채, 최고!

너를 사랑하는 원장 선생님이.

3

감사해: 너의 미소, 너의 변화, 너의 모든 것에 감사

올해 오리엔테이션 날 이서를 처음 만났다. 두근두근 기대와 설렘으로 이서를 마주했다. 이서의 첫인상을 나는 아직 잊지 못한다.

만화영화에서 툭 튀어나올 것 같은, 너무나 예쁜 얼굴을 가진 아이였다. 발그레한 볼에 눈꼬리가 웃고 있는 얼굴, 양쪽으로 나누어 야무지게 땋아 묶은 머리가 귀여웠다.

"하, 이렇게 예쁜 아이가 있을까!" 하는 감탄사가 내 입에서 작게 터져 나왔다. 그런 이서가 우리 반에 배정된 것이다!

그렇게 사랑스런 얼굴로 교사인 나를 향해 미소를 보여주는 이서는 하루의 피로를 모두 잊게 해주는 나의 비타민 같은 아이이다.

그렇지만 이러한 비타민은 처음부터 주어지지는 않았다. 이서는 아주 불안이 높은 아이였다. 촉감과 촉각에도 민감했고 낯선 사람과 함께 있는 공간에서도 거부감이 있었다. 까칠하고 예민한 성격으로 친구들과 부딪힘도 잦았다. 이서가 등원하는 순간부터 교사인 나는 조마조마한 마음으로 아이들 살폈다. 왜냐하면 수시로 변하는 이서의 기분을 맞추기 위해 예민해지기 전에 이서의 흥분도를 가라앉히고 마음을 편하게 만들어 주어야 하기 때문이다.

요즘 대세 프로그램인 <금쪽같은 내 새끼>를 본 경험이 있을 것이다. 프로그램에 나오는 아이들이 폭력적이거나 짜증을 잘 내고 쉽게 흥분하는 모습을 흔히 볼 수가 있다. 부모님들은 인터뷰에서 아이가 화내는 이유를 잘 모르거나 갑자기 짜증을 내고 공격성을 보인다고 말하곤 하신다.

그러나 아이들에게 '갑자기'는 없다. 아이들의 말과 행동에는 이유가 있는 것이다. 어른들이 그 이유를 민감하게 알아차리지 못하기 때문에 아이들이 불편감을 전달하기 위해 흥분하며 거친 방법으로 감정을 전달하는 것이다. 내 감정을 편안히 전달해 본 경험이 많은 아이들은 쉽게 흥분하지 않는다. 내 기분이나 상황을 타인에게 이야기할 수 있고 이야기했을 때 상대가 내 말을 들어 줄 거란 믿음이 있기 때문이다. 또한 상대에게 거절을 당했을 때 수용하는 마음이 있다. 기분이 상했을 때나 마음을 다친 경우에도 회복 탄력성이 좋은 아이, 즉 마음 근육이 잘 자라는 아이는 상처를 받거나 자존감이 낮아지지 않는다.

나는 아이들에게 마음 근육을 잘 키워주는 교사가 되고 싶다. 마음 근육은 칭찬만으로 다져지지 않는다. 여러 가지 상황을 경험하고 극복하는 과정에서 생겨난다. 나는 민감한 기질을 가지고 있는 이서를 면밀히 관찰하면서 불편한 상황도 경험하면서 긍정적 경험으로 만들어 가는 과정을 진행하였다.

이서는 선생님이나 친구가 이서의 말을 들어주지 않거나 거절하는 경우에 폭발하듯 울음을 터트리곤 하였다. 이는 거절을 받아본 경험의 부재와 울음을 터뜨렸을 때 이서의 요구가 받아들여지는 경험을 했기에 비롯되었을 것이다. 이서의 부모님은 매우 민감하게 이서의 요구를 들어주신다. 그래서 상대적으로 들어주지 않는 상황에 대한 대처 방법과 마음 돌봄을 못한 것이다. 그러기에 나는 이서에게 먼저 우리 반에서 지켜야 할 규칙을 설명해 주었다. 아니 함께 만들어 보았다.

"이서야, 우리 친구들과 즐겁고 행복하게 지내려면 어떻게 하면 될까?"

"친구랑 싸우지 않아야 해요."

"어떻게 하면 싸우지 않고 놀이할 수 있을까?"

"장난감을 나눠서 가지고 놀아요."

"친구가 장난감을 나눠주지 않을 때 너무 속상하면 어쩌지?"

"'나 좀 줄래?' 하고 기다려요."

"정말? 우리 이서가 기다려줄 수 있겠어? 우리 이서 정말 기특하다."

나는 이서가 생각을 하며 방법을 스스로 찾고 실천해 볼 수 있도록 기다려 주며 지지하였다. 이서가 자기 생각을 이야기한 후 약속하고 지키려는 모습이 사뭇 진지하였고 나는 그런 모습이 대견하고 기뻤다.

그렇지만 간혹 감정을 조절하지 못하고 다시 울음을 터뜨리기도 하였다. 그때 나는 무턱대고 운다고 해서 요구를 들어주지는 않았다. 흥분해 울어 버릴 때는 잠시 기다려 주고 진정되면 이서와 무엇이 속상한지 이야기를 나누었다.

"이서야, 이제 마음이 조금 진정되었니? 선생님한테 무엇이 속상했는지 설명해 줄 수 있어?"

"내가 먼저 레고로 집을 만들고 있었는데 친구가 블록 한 개를 가져가 버렸어요."

"이서에게 물어보지 않고 친구가 블록을 갑자기 가져가서 속상했구나."

"내가 먼저 잡은 건데…."

이서가 울먹이며 이야기했다.

"그럴 땐 친구에게 먼저 이야기해봐. '내가 만들고 있으니 가져가지 말아줄래?'라고 말이야. 친구에게 이야기해보고 그래도 친구가 빼앗아 가면 선생님에게 도와달라고 말해보는 건 어떨까?"

여러 상황을 경험하며 이야기 나누기를 반복하자 이서는 흥분한다고 해결되는 것이 아니라 차분히 자신의 요구나 감정을 이야기하는 것이 중요함을 점차 인지하기 시작하였다.

이서가 변화하고 있었다. 불편한 상황이 오면 침착하게 말로 설명하는 모습을 보여주었다. 아이들은 어른보다 변화가 빠름을 느꼈다. 눈덩이가 내리막길을 따라 구르듯 자연스럽고 빠르게 여러 방면에서 좋은 변화가 보였다. 좋지 않은 습관을 스스로 개선해 나가는 이서의 모습이 너무도 대견하여 내 어깨가 으쓱 올라가는 것 같았다. 이서가 웃을 때 나도 행복했고 이서의 변화에 마음 벅차게 감사했다.

이 모든 변화는 교사가 들어줄 준비가 되어 있음에 대한 믿음을 준 다음부터 진행되었다. 이서는 퍼포먼스 수업이 있을 때 다른 의상이나 머리띠 등의 소품을 사용하기 싫어했다.

"싫어, 안 해!" 하며 낯선 물건에 대해 몹시 두려움을 느꼈다. 이전 어린이집에서는 그런 문제로 특강에 참여하지 않았다고 한다. 하고 싶었지만 막연한 공포를 가지고 있었던 것이다. 그런 이서가 요즘은 수업 때마다 바뀌는 도구나 소품에 먼저 관심을 보이게 된 것이다.

"선생님, 이거 뭐에요? 나 공주 같아요?" 하며 소품을 착용하고 웃어 보이는 이서였다. 교사인 나는 특강 전에 미리 충분히 이서를 이해시키고 설명해주며 편안한 마음이 될 수 있도록 도왔다. 의상을 입고 머리띠를 쓰는 것이 불편하면 안 해도 되지만 소품으로 놀이가 더욱 재미있어진다는 것을 이서에게 알려주었다.

그런 후에 소품을 착용하면서 놀이한 즐거운 경험이 이서의 불편함을 극복하게 했다. 선생님의 거절이나 권유에도 상처받기보다는 귀 기울이는 아이로 성장하였다.

이서는 초파리나 개미의 출현에도 난리가 난 듯 소스라치며 놀라고 울음을 터뜨렸다. 그래서 다른 친구들과 놀이터에 나가도 개미나 파리 때문에 놀지 못하고 울기만 했다. 엄마에게 물어보니 이서의 이러한 성향 때문에 산이나 바깥 활동은 거의 하지 않았다고 하셨다.

그래서 나는 개미, 파리 등 곤충들을 소재로 다양한 놀이를 진행했다. 개미와 파리에 대해 알아보기를 하면서 퍼즐도 맞추고 개미 도안을 색칠도 해보고 개미 관련 동화도 들려주었다. 개미와 파리의 특성을 알고 친숙해진 이서는 이제 놀이터에서 곤충을 만나면 반가워한다.

"개미야, 안녕!" 인사를 건네고 관찰을 한다. 손을 흔들며 개미에게 인사하는 이서를 보며 친숙하기 놀이와 연습이 효과가 있어 기뻤다. 교사로서 다시 한번 뿌듯한 순간이다.

내가 가진 교사로서의 강점은 '성실'이다. 기본적으로 아이들 곁을 항상 지킨다. 아이들을 두고 교실을 비우거나 아이들이 있는 동안 다른 일을 하지 않는다. 성실하게 아이들 곁에서 아이들을 관찰하며 지나치게 민감한 부분은 적응 연습을 통해 둔감해질 수 있도록 해주고, 너무 둔감한 부분은 자극을 주어 관심을 유도해준다. 그래서 적어도 내가 맡은 아이들은 일상생활에서의 불편함을 줄여 건강하게 생활해 나갈 수 있는 영유아로 자라고 있다. 그 점에 매일 감사하는 마음을 가지며 오늘도 교사로 산다.

원장님의 편지

만화 속 주인공보다 더 깜찍하고 예쁜 이서에게

너무나 예뻐서 쳐다보는 것만으로도 우울했던 기분을 날려버리게 하는 마력을 지닌 이서, 너는 매력 넘치는 아이란다.

내가 교실에 들어가면 "원당님!(원장님)" 반갑게 부르며 나에게 달려와 품에 안기는 이서야! 그런 너를 안고 한 바퀴 휭 돌고 나면 행복 바이러스가 나의 온 몸을 감싸며 날아갈 듯 기분이 좋아지곤 하지.

날마다 너를 보며 지낼 수 있다는 것이 원장님에게는 커다란 기쁨이란다.

바깥 놀이 시간에 모래를 가지고 놀다가 개미를 보고 소스라치게 놀라며 엉엉 울어버리는 너를 보며 당황한 적이 많았지. 달래도 달래도 울음을 그치지 않아 한쪽 의자에 앉아서 쉬어야 했어.

선생님은 이서에게 곤충과 친해질 수 있는 활동을 함께해 주셨지. 곤충 그림을 보여주거나 모형을 만져보고 관찰하며 곤충에 대한 거부감을 줄여주기 위해서 말이야.

선생님은 서두르지 않고 천천히 너의 변화를 기대하며 여러 방법을 보여주셨어. 이제는 바깥 놀이를 하면서 개미를 봐도 놀라거나 울지도 않는 너의 모습을 볼 수 있게 되었단다.

이서야, 너의 변화를 축하한다!

이서야! 너는 다른 친구들보다 감각이 발달해 있고 새로운 것들을 보면 겁을 내는 아이였는데 많은 변화를 가져왔구나. 특별활동 시간에도 새로운 활동을 시도하는 것을 두려워했던 네가 이제는 모든 활동에 즐겁게 참여하는 아이가 되었지. 앞으로도 해피아이에서 너의 마음 근육을 단단히 키워가며 행복한 리더로 성장하기 바란다.

어여쁜 천사, 이서야! 사랑한다!

이서의 미소와 변화를 보며 감사한 마음이 가득한
원장 선생님이.

축복해:
존재만으로도 사랑받기 충분한 너

영아기에 부모가 주는 자극은 전 영역의 발달에 막대한 영향을 미친다.

올해 담임한 '예진이'라는 여자아이는 하루에도 몇십 번을 짜증 섞인 소리를 내며 울곤 하였다. 학기 초에는 하루 종일 울음소리를 듣다가 퇴근을 해서 집에 가도 귀에서 예진이 울음소리가 들리는 듯하였다.

예진이의 행동 패턴을 분석하며 관찰한 나는 예진이가 우는 이유를 찾아보고 기록하기 시작했다. 하고 싶은 놀이가 있는데 친구가 끼워 주지 않거나 놀잇감을 나누어 주지 않으면 망설임 없이 울어버리고, 한 번 울음이 터지면 아주 오랫동안 운다는 특징을 보였다.

위의 글을 읽은 독자 여러분은 무엇을 느끼셨는지 궁금하다. 나는 '울음 직전 망설임이 없다는 것'에 집중하였다. 이는 상황을 마주했을 때 어찌할까 생각해보지 않고 바로 울음으로 의사소통을 하고 있다는 뜻이다. 그리고 그 울음은 교사인 내가 개입하여 문제를 해결해 준 후에도 바로 그치지 않고 오래 지속된다는 뜻이었다. 울자마자 문제가 해결된 경험이 많지 않아서 오래 우는 것이 습관화되어 있는 것을 볼 수 있었다.

예진이는 우리 반에서 생일이 가장 빨랐고 언니도 있었다. 그래서 언어가 빠른 편으로 만 2세반 학기 초에도 말로 의사소통이 가능했다. 그런데 문제 상황을 마주하면 말로 불편함을 표현하지 않고 무조건 길게 울어버리는 행동을 보이는 것이었다. 나는 엄마와 상담을 해보았다. 엄마는 예진이가 울음이 많은 것에 걱정을 하거나 이유를 궁금해하지 않으셨다.
집에서의 예진이 생활을 여쭤보니 언니에게도 많이 짜증을 내는 편이고 자주 운다고만 하셨다.
"예진이가 왜 그럴까요?" 예진이 어머님께 여쭈었다.

"어려서 그런가봐요." 어머님의 대답이었다. 그렇다. 예진이는 아직 어리다. 그래서 자신의 상황을 말로 설명하고 소통하는 능력이 부족하므로 부모가 언어 또는 행동 언어로 모델링이 되어주어야 하는 것이다. 그런데 그 시기에 부모가 언어로 예시를 보여주지 못하게 되면 불편감을 표현할 방법을 몰라 울었던 것이다. 게다가 한참을 울어야 엄마가 와서 원하는 것을 들어주니 들어줄 때까지 울 수밖에 없는 예진이었다.

엄마는 예진이가 욕심도 많고 고집도 세서 양육하기가 힘들다고 하셨다. 어쩌면 예진이는 그래야 할 수밖에 없는 분위기에서 살고 있었을지 모른다. 만 2세 즉 4살이면 기저귀를 떼거나 기저귀를 착용하더라도 대소변을 보면 "응가했어요." 하고 표현해 준다. 그런데 내가 예진이를 보고 놀랐던 점이 있다. 예진이가 응가를 했을 때 기저귀를 갈아주고 상호작용하면서 "우리 예진이, 예쁜 응가했네. 응가하면 선생님에게 얘기해 줘. 기저귀 갈아줄게." 하고 반복적으로 말하고 알려주어도 대변을 보고 난 후 기저귀가 늘어져도 불편감을 전혀 느끼지 못하고 갈아달라는 말을 하지 못하는 것이었다. 그래서 엉덩이가 짓물러 있는 경우도 있었다.

예진이 엄마와 매일 통화하거나 메신저로 부모교육과 상담을 거듭하며 아이에게 어떻게 자극을 주어야 하는지 이야기 나누었다. 그러자 예진이가 대소변 후 말로 표현해 주는 것을 볼 수 있었다.

금요일까지 교육을 이어가도 주말에 엄마가 기저귀를 자주 갈아주지 않으면 아이가 불편감과 쾌적함의 차이를 느끼고 알아차리는 감각을 가지기 힘들었다. 엄마가 바뀌기 시작하면서 예진이도 긍정적 변화가 두드러지는 것을 느꼈다. 짜증내며 울기보다 말로 이야기하고 엄마나 선생님이 예진이의 요구를 들어줄 때까지 기다릴 수 있게 되었다. 그리고 중요한 건 예진이와 이야기 나누고 약속을 지키는 것이다.

우리 반 규칙이나 예진이가 일상생활 중 지켜야 할 것들을 반복적으로 이야기 해주고 예진이가 기억하여 약속을 지킬 때 폭풍 칭찬을 해주었다.

이제 예진이는 자주 울지 않는다. 자신의 요구나 감정을 이야기할 수 있게 되면서 사용하는 언어도 폭이 넓어지고 어휘 수도 눈에 띄게 다양해졌다. 스펀지 같은 흡수력으로 교사가 보여주는 언어 모델을 따라 하기도 하고 친구들이 모델이 되기도 하며 다양한 상황에서 문제를 해결하는 방법을 배우고 있다.

얼마 전 물고기와 동물들을 만나는 체험학습을 다녀왔다. 예진이는 다른 친구들이 무서워서 가까이 가지 못하는 뱀이나 새들도 교사의 안내에 따라 만져보는 용감함을 보여주어 나와 친구들을 놀라게 한 적이 있다.

"선생님. 뱀을 만져보니까 차갑고 부드러워요. 목도리 같아요."

"우리 예진이가 뱀을 목도리처럼 둘러보기도 하고 손으로 만져보기도 하는구나. 정말 용감한데?"

"도마뱀이 찍찍 소리를 내요. 배고프다고 말하는 거 아닐까요?"

"그럼 예진이가 작은 벌레를 핀셋으로 잡아 도마뱀에게 줘 볼 수 있겠니?"

"그건 조금 무서워요. 선생님이랑 같이 해볼래요."

체험하며 느낀 감정이나 촉감 등을 잘 전달해주는 예진이의 표현력에 깜짝 놀랐으며 또래보다 정확한 발음에 다시금 놀랐다. 동물과 교감하고 동물의 감정이나 마음도 읽어보려는 어린 아이의 순수함이 예뻐 보였다. 선생님이 함께해주기에 조금 무서워도 교사의 안내를 믿고 따라주는 모습도 대견했다. 그날 예진이의 솔선수범 덕분에 다른 친구들도 용기를 얻어 적극적으로 활동할 수 있었다.

예진이 엄마와 아빠는 비교적 어린 나이에 엄마 아빠가 되셨다고 한다. 지금 보아도 언니 같은 외모이시다. 나도 그러했지만 많은 경우 결혼하고 어느 순간 보니 엄마가 되어 있는 경우가 많다. 물론 부모가 되기 위하여 마음으로, 또는 지식으로 여러 가지 준비를 마친 후 부모가 되는 경우도 적지 않지만 말이다.

여기서 강조하고 싶은 부분은 준비된 자만 부모가 되라는 것이 아니라 일찍 부모가 되었거나 일찍이 아니더라도 모두 처음 부모가 되어보니 어렵기도 하고 어떻게 해야 하는지 모르는 경우가 왕왕 발생한다는 것이다.

그럴 때 유치원이나 어린이집 선생님이 멘토가 되어 부모님과 아이의 양육을 함께 고민하고 의논하면서 좋은 부모가 되는 길로 안내해야 할 의무가 있음을 강조하고 싶다. 아이들은 존재만으로도 존중받고 축복받아야 함이 마땅하기 때문이다.

요즘 육아나 결혼 상담의 일인자로 오은영 박사님을 텔레비전에서 자주 뵙는다. 나는 오은영 박사님처럼 의학박사 정신과 전문의는 아니지만 지금도 현장에서 아이들을 만나고 생활하는 교사로서 다양한 사례를 통해 성공과 실패의 경험을 가지고 있다. 아이들은 각기 다른 성향과 개성을 가지고 있지만 현장에서의 많은 경험을 통해 부모님이 한두 자녀를 보시는 것보다 객관적으로 아이들을 보며 도움을 드릴 수 있다.

이를 교사의 재산으로 활용하며 준비가 조금 미흡한 상태에서 부모가 되신 분들에게 도움을 드리는 교사로서의 역할도 병행하고 있다. 그러면서 '나 또한 교사가 될 준비가 되어 있었나?' 반문해 본다. 처음 준비가 미흡했더라도 꾸준한 자기개발과 노력으로 보다 나은 교사로 성장할 준비가 되어 있는 나라면 이 아이들을 맡아 사랑할 자격이 충분하다고 생각해 보며 웃어본다. 결국 중요한 것은 부모가 되기 전, 교사가 되기 전, 완벽한 준비를 해야 한다기보다 지금의 내가 부모로서 또는 교사로서의 모습이 바람직한지 끊임없이 고민하고 노력해 가는 모습이라고 생각한다.

원장님의 글

예진이는 여섯 살 언니와 함께 세 살 2학기 때부터 우리 해피아이에 등원하기 시작했다. 나이가 많이 어려 보이는 예진이 엄마는 등원 차가 오는 시간에 맞추어 아이들을 태우는 것을 힘들어하셨다. 아이들을 양육하고 보살피는 데 소극적인 모습을 볼 수 있었다. 택시로 아이들을 등원시키고 출근하는 날이 반복되었다.

예진이는 친구와 놀다가 친구의 몸이 조금만 자기를 스쳐도 불편해하고 짜증을 냈다. 하루에도 몇 번씩 울음을 터뜨리곤 했다. 한 번 울기 시작하면 그칠 줄 모르는 예진이를 담임선생님은 감당하기 힘들어했다.

예진이네반 이름은 별님반이다. 별님반은 상담실 바로 옆에 있어서 울음소리는 내가 있는 상담실까지 크게 들렸다. 예진이의 울음 소리를 들으며 나는 생각하고 고민했다.

자주 짜증내고 우는 버릇 때문에 담임교사에게만 맡겨 놓을 상황이 아니라는 판단을 했다. 그래서 나는, 예진이가 울 때마다 상담실 옆 교사 회의실에 데려가서 예진이와 단둘이 즐겁게 놀아주며 예진이의 마음을 달래주곤 했다. 또한 예진이의 가정환경을 알아보기 위해 예진이 언니에게 물어보았다.

"서진아, 엄마가 퇴근하시면 너희들이랑 함께 놀아주니?"

서진이는 시무룩한 표정으로 대답했다.

"아니요. 우리 엄마는 퇴근하고 집에 오면 컴퓨터에 앉아서 게임만 해요. 우리 랑 놀아주지 않아요. 우리가 잠들 때까지 게임만 해요."

예진이 언니도 어떤 문제가 생길 때는 스스로 해결하려고 노력하기보다 울음을 터뜨려서 교사의 도움을 구하는 습관이 있다. 과격한 행동을 자주 보이기도 했다. 나는 예진이 언니 말을 듣고, 예진이의 행동이 가정환경에서 비롯된 이유 때문이라고 짐작할 수 있었다.

예진이 엄마는 어린 나이에 두 아이의 엄마가 되었다. 사랑과 책임감으로 '양육'을 감당하기에는 버거웠을 것이다. 그래서 유일한 탈출구로 게임을 선택했던 것은 아닐까 생각도 해보았다. 예진이 엄마와 두 아이 모두 가여웠다.

예진이가 우리 원에 입소한 지 얼마 되지 않아 원과 엄마와의 소통이 거의 없는 상황이었다. 그래서 예진이 엄마와 예진이에 대해 이야기를 나누며 의논하는 일은 쉽지 않았다. 안쓰러운 예진이를 안아주고 달래주며 울음이 그칠 때까지 반복해서 놀아주는 일을 계속해야 했다.

그러다가 예진이는 네 살 반에서 졸업을 하고, 올해 3월 새 학기에 새 담임 선생님을 만나 해님반에서 생활하게 되었다.

선생님은 매일 키즈노트를 통해 예진이 엄마와 소통을 했고, 예진이의 문제 행동을 놓고 엄마와 상의하며 가정에서의 지도 방법도 알려주며 설득했다. 많이 힘들어하던 예진이 엄마도 지금은 선생님의 요구에 호응해주며 노력하는 모습을 보여 주신다. 해님반 선생님은 원에서 언어로, 행동으로 모델링을 보여주며 예진이에게 반복학습을 했다.

그 결과 지금은 예진이가 울거나 떼쓰는 모습은 거의 없어졌고, 친구들과 사이좋게 어울리는 모습을 볼 수 있게 되었다. 선생님께 박수를 보낸다.

선생님! 감사해요. 앞으로도 어린이집 교사로 아이들이 바르게 성장할 수 있도록 지도해주는 훌륭한 교사가 되어주세요. 지금 모습 그대로 아이들 곁에서 오래도록 함께해 주세요.

예진아! 울지 않고 떼쓰지 않고 생활하는 너의 모습을 볼 때마다 너무 기특하구나! 정확한 발음으로 말도 또박또박 잘하는 너의 모습이 울고 떼쓰는 모습 때문에 빛을 발하지 못했지.

원장 선생님은 이제 알게 되었어.

너는 뭐든 잘 할 수 있는 아이라는 것을 말이야.

너의 빛나는 앞날을 응원할게!

앞으로 훌륭한 리더로 성장할 너의 앞날을 기대한다.

사랑한다. 예진아!

존재만으로도 축복받을 예진이에게

원장 선생님이.

5

힘내렴: 온 우주가 너를 응원해

살면서 한 번쯤 힘든 여행을 다녀온 경험이 있을 것이다. 여행 준비가 힘들었을 수도 있고, 여행 코스와 일정이 힘들었을 수도 있으며, 함께 간 사람 때문에 힘들었을 수도 있다. 하지만 여행을 다녀온 후 오랜 시간이 지나면 이상하게도 힘들었던 여행이 더 기억에 남고 추억이 되기도 하다.

이런 경험은 내가 어린이집 교사를 하면서도 종종 느낀다. 다양한 아이들을 맡아 1년을 지내다 보면 나를 힘들게 했던 말썽꾸러기들이 나중에 더 기억에 남고 보고 싶어지는 경우가 많은 것이다.

3년 전 내가 담임을 했던 서준이는 똑똑하면서도 개구쟁이인 남자아이였다. 당시 5살이 되면서 친구들을 때리기도 하고 놀잇감을 빼앗기도 하는 문제행동이 보여 부모님과 상담을 하기도 했다.

서준이의 사례소개에 앞서 영유아의 성장과 발달과정을 잠시 살펴보고자 한다. 서준이는 유아기에 속한 아동이다. 만 2세(4살)까지는 영아로 보고 만 3세(5살)부터 유아로 분류한다.

영아는 '표준보육과정'으로 나라에서 공통과정으로 마련한 지침서를 바탕으로 보육한다. 이름에서도 볼 수 있듯이 교육과정이라기보다는 영아의 놀이와 발달을 위한 보육에 중점을 둔다. 이와 비교하여 유아기로 접어드는 만 3세부터는 '누리교육과정'이라는 전국 어린이집 유치원에 공통으로 적용되는 교육과정을 바탕으로 놀이지도를 하게 되는데, 이름에서 볼 수 있듯이 교육이 중점이다. 여기서의 교육은 주입식 교육이 아니라 놀이 교육을 의미한다. 누리교육과정은 유치원 어린이집의 독립된 과정이 아니라 초등교육과정과 연계하여 이루어진다. 이러한 과정으로 연계학습을 하며 유치원 교육과정이 초등교육의 바탕 학습이 되도록 하고 있다.

만 2세를 거쳐 만 3세반으로 올라온 아이들은 많은 변화를 보인다. 먼저 부모님이 느끼기에는 말이 많아진다는 것이다. 말이 많아진다는 것은 다양한 어휘를 사용할 수 있게 되었을 뿐 아니라 자신의 감정, 요구, 기분 등을 빈번하게 이야기한다는 뜻이기도 하다.

만 2세까지는 부모님이 챙겨주시는 옷을 아무 거부감 없이 입었던 것에 반해 만 3세가 되면 갑자기 마음에 들지 않는다며 아침부터 실랑이를 하곤 한다. 한겨울에 여름옷을 꺼내 입겠다고 고집을 부린다거나 비가 오지 않는데 장화를 신겠다고 하기도 한다. 이 경우 보통 엄마가 진다. 왜냐하면 이 시기의 유아들은 자신의 의견이 받아들여질 때까지 고집을 꺾지 않는 경우가 대부분이기 때문이다.

어린이집에 다녀와서도 엄마에게 전에 없이 친구가 서운하게 한 이야기, 선생님이 내 말을 들어주지 않은 이야기 등을 쏟아놓기 일쑤다. 이런 상황이 낯선 부모님들은 담임인 나에게 "4살 땐 말을 잘 들었는데 요즘 부쩍 말을 안 들어요.", "원에서 무슨 일이 있나요? 친구들과 잘 지내지 못하나요?" 걱정 섞인 말씀을 하시곤 한다.

이런 이야기를 듣는다면 누군가는 아이의 고집을 따끔하게 야단쳐 고치라며 초장에 잡아야 한다는 고리타분한 훈계를 늘

어놓을지 모르겠다. 유아교육을 하고 있는 나는 이런 부모님의 짜증과 걱정 섞인 이야기에 이렇게 답을 드린다.

"축하합니다." 하고 박수를 보내드리는 것이다. '골탕 좀 먹어 보세요.'라는 의미는 절대 아니다. 자녀가 성장해가고 있음을 보여주는 징표들에 축하를 드리는 것이다. 전에는 골라주는 대로 입었던 옷을 이제 자신이 선택한 옷만 입겠다고 하는 것은 자기 결정권이 생겼기 때문이다. 내 의사와 기호를 반영하여 나의 옷을 결정하고 내가 고른 옷을 엄마에게 의견을 보일 수 있게 된 비약적인 발전이다. 이 과정에서 때에 맞는 옷을 고르는 것에 대한 취약성을 보이기도 하고 엄마를 설득할 만한 언변은 갖추지 못하여 고집을 피우는 것으로 비춰지기도 한다.

여기서 중요한 것은 유아를 오해하지 말고 아이의 성장 내면을 보아주어야 한다는 사실이다. 유아가 자기를 인식하고 자기애와 자존감이 형성되면서 스스로 해보려는 시도와 자기 결정을 인정받으려는 욕구가 일어나는 과정을 이해하고 아이를 인정해 주면 된다.

자녀가 고른 옷을 보며 "이 옷을 입고 싶어 골랐구나. 정말 예쁜 옷이네."라며 인정해 주면 아이는 자신의 의견이 수용되었음에 기뻐한다. 그런 뒤 지금 이 옷을 입었을 때 어떨지 자녀와 생각해 보는 시간을 갖는다. 아이가 그 옷은 지금의 계절이나 상황과는 맞지 않음을 느낀다면 다시 골라 볼 수 있는 기회를 제공하여 처음 의견을 무시하지 않고 다시 할 수 있도록 도와주면 된다. 물론 바쁜 아침에 시간에 쫓기고 있다면 엄마는 속에서 천불이 올라올지 모른다.

부모의 역할이 중요하고 또한 어렵다는 것을 새삼 느끼게 되는 순간이다. 그렇지만 부모님이 인내하며 아이를 인정해 주고 기다려주는 과정을 반복한다면 아이는 자존감이 높은 아이로 성장함과 동시에 더 이상 고집을 피우지 않을 것이다. 고집을 부린다는 것은 자신의 의견이 받아들여지지 않기 때문이다. 아이의 행동을 들여다보고 발달을 이해하는 과정은 이처럼 중요하다.

자녀가 어린이집이나 유치원을 다녀온 뒤 집으로 귀가하여 원에서의 일과에 관한 이야기를 쏟아내는 과정을 보자. 여기서 부정적인 이야기가 빈번하게 나온다고 부모님은 걱정하지만 나는 아이가 정상적으로 발달하고 있음을 강조한다. 유아가 된 자녀는 하루 일과를 정리하여 머릿속에 기억하고 집으로 돌아가서 전달할 수 있는 능력이 생긴다. 이 또한 영아기에는 수행할 수 없었던 어려운 능력인데 유아기가 되면서 언어와 인지의 발달이 이루어진 결과라 하겠다. 그런데 재미있었고 즐거웠던 일과뿐 아니라 부정적인 감정의 전달도 많은 부분을 차지한다. 유아라 해도 아직 미성숙하고 자기중심적인 사고를 하기 때문이다. 친구와 많은 놀이가 이루어지는 과정에서 나의 의견대로 놀이가 이루어지지 않았을 때 서운한 감정과 속상했던 경험들을 부모님께 공감받고 싶은 것이다.

위에서 설명한 발달단계에 맞게 성장하고 있는 서준이는 겉으로는 고집이 세고 폭력적으로 보이기도 했다. 친구에게 놀이를 제안하고 자기의 주장을 하면서 다툼이 생기기도 하고 친구가 서준이의 의견을 받아주지 않을 때 주먹으로 친구를 밀치기도 했던 것이다.

"레고 블럭은 내가 먼저 맡았어. 아무도 건드리지 마."라며 장난감을 친구와 나누려 하지 않았고, 친구가 같이 놀아 주지 않으면 "야! 같이 놀자니까 왜 말을 안 들어줘?" 하며 화를 내기도 했다. 교사인 나는 4살 때보다 자기주장이 강해진 서준이의 성장에 기뻐해 주었다. 그리고는 서준이의 이야기를 먼저 들어주었다.

서준이는 처음에 내게 이야기할 때는 쭈뼛거리며 억울한 말투를 사용했다. 그러다 점차 자신감에 찬 말투로 서준이의 입장과 감정을 전달하는 모습을 볼 수 있었다. 서준이는 내향성과 외향성을 모두 가지고 있는 아이였다. 상황을 판단하고 자신의 의견을 가지고 있지만 앞에 나와 의견을 이야기하는 것을 두려워했고 낯선 친구나 선생님과 친숙해지는 데 시간이 오래 걸렸다. 나는 서준이에게 먼저 자신감을 심어주는 활동을 했다. 서준이가 잘하는 것에 도우미, 즉 꼬마 선생님이라는 임무를 주었다.

서준이는 종이접기와 블록놀이에 거의 달인급이다. 종이접기 유튜버로 활동하기도 했다. 서준이는 친구들에게 종이접기 꼬마 선생님으로 불리며 자신감이 높아졌다. 이 자신감은 다른 활동에도 이어져 앞에 나오기를 두려워하는 마음을 이길 수 있었다. 앞에 나와 활동했을 때 친구들과 선생님이 보내주는 칭찬과 박수에도 힘을 받았다.

반면 서준이의 급하고 다소 공격적인 행동들을 고칠 수 있었던 방법은 '먼저 이야기 나누고 놀이하기'였다. 놀이에 앞서 서준이와 어떻게 놀이하고 싶은지 이야기 나누고 서준이의 놀이계획을 들어주었다. 서준이는 신이 나서 선생님인 나에게 놀이를 어떻게 할지 이야기하였다. 이야기를 듣고 놀이계획을 칭찬해 준 나는 놀이하며 발생할 수 있는 상황을 말해 주었다.

친구가 서준이의 계획대로 놀이하지 않을 경우, 놀잇감이 부족할 경우 등 다양한 상황을 시뮬레이션 해보며 미리 문제상황을 마주하게 하면서 서준이의 즉흥적인 공격성이 나타나지 않도록 한 것이다. 이런 반복적 놀이 지도로 서준이는 행동하기전 생각하는 습관을 가져 볼 수 있었고 친구와의 관계도 모두개선되었다.

2학기 상담 때에는 서준이 아빠와 서준이의 긍정적인 변화를 이야기하며 기쁨을 나누었다. 서준이 아빠는 고등학교 영어선생님이시고 엄마는 중학교 수학 선생님이시다. 교육에 종사하는 전문가이지만 유아기에 있는 자녀 한 명을 가르치고 돌보는 일은 자신 없다고 하시며 멋쩍은 웃음을 보이셨다.

가정에서 서준이 아빠의 역할은 잘못된 부분을 엄격하게 훈육하는 것이었는데 서준이와 서준이의 형 두 명의 아들을 키우시기에 사랑의 매는 필수라고 하시며 다시 한번 웃으셨다. 도저히 매 없이 훈육이 안 된다고 하셔서 매로 하는 훈육은 일시적일 뿐만 아니라 아이 마음에 상처를 남긴다고 말해 드렸다.

대안으로 내가 제시한 방법은 자녀와 함께 규칙을 정하는것이었다. 아이들이 스스로 약속한 규칙을 집안에 붙여놓고 약속을 지키지 못하면 그 이유를 가족회의 때 이야기하게 하는 것이다. 아이들 스스로 규칙을 정한다면 지킬 확률이 훨씬 높으며 지키지 못한 이유를 이야기하면서 다시 상기하는 것이다. 아빠를 무서워하던 아이들이 아빠와 종이접기도 하고 자전거 타기도 배우면서 친밀해지는 시간을 가져보실 것도 권유했다. 아빠와의 원만한 관계는 아이들의 사회성 발달에 적지 않은 영향을 준다. 아빠와의 친밀함으로 안정감을 느끼고 원에서의 생활도 안정감 있게 자리를 잡았다. 엄마는 아빠가 강하게 훈육을 하는 편이어서 아이들을 감싸준다고 하셨다. 그래서 아이들이 엄마를 더 좋아하고 따랐지만 엄마랑 있을 때 통제가 어려운 부분이 있었다.

이렇게 흘러가던 일상에 큰 변화가 온 건 서준이네 집에 온 갑작스런 비보였다. 다름 아닌 서준이 아빠의 죽음이었다. 자전거를 타다 교통사고로 갑자기 세상을 떠나신 서준이 아빠는 아이들과 작별할 시간도 없었다. 나는 아빠가 돌아가시기 얼마 전까지 카톡이나 전화로 수시 상담을 나눈 터라 아빠의 죽음이 믿기지 않았다. 내 마음에도 파도처럼 슬픔이 휘몰아쳤다.

그러나 서준이와 남은 가족이 겪을 슬픔의 무게를 감히 상상하기 어려웠기에 내 슬픔은 내색할 겨를이 없었다. 서준이가 너무 안쓰럽고 걱정이 되었다. 장례를 치른 후 서준이는 의

외로 바로 등원을 하였다. 뽀글이 펌을 한 서준이의 손을 잡고 서준이 엄마는 여느 때처럼 등원을 시키셨다. 나는 장례가 끝나자마자 미용실을 다녀온 서준이 모습에 한 번 놀라고 웃으며 등원시키는 엄마의 모습에 다시 놀랐다.

서준이는 아무렇지도 않게 원 생활을 했다. 이따금 아빠에 대해 묻는 다른 선생님들의 물음에는 아무 대답도 하지 않았다. 집에서도 아빠 이야기는 하지 않는다고 했다. 몇 달이 지나도록 서준이 엄마와도 아빠에 대해 이야기하지는 못했다. 충분히 슬픔을 느끼고 애도하는 기간 없이 슬픔을 누르고만 지나가는 것은 아닐까 걱정이 되기도 했다. 마음이 다시 아팠다. 그 부분은 감히 건드려서는 안 될 판도라의 상자 같았다.

그러던 중 서준이는 학기 초의 거친 행동이 나타나기 시작하였고 서준이가 잘하던 종이접기도 더 이상 하지 않았다. 나는 조심스럽게 서준이를 안고 이야기하였다.

"서준아. 아빠가 서준이가 종이접기를 잘해서 무척 자랑스러워 하셨단다. 서준이랑 인사도 하지 못하고 갑자기 서준이 곁을 떠나서 무척 미안해하고 계실 거야. 그리고 언제나 서준이 곁에서 지켜 보고 계실 거야."

서준이 엄마와도 전화로 이야기를 나누었다. 엄마는 아이들이 아빠의 부재를 느끼거나 슬퍼하지 않도록 아무 일 없는 듯 생활해 왔다고 하셨다. 나는 엄마와 아이들이 억누른 슬픔은 더욱 위험하고 좋지 않다고 말씀드렸다. 충분히 슬퍼할 수 있는 이별의 시간을 갖고 다시 마음 챙김의 시간을 갖는 것. 그래야 이겨낼 마음 근육이 생긴다고 말이다. 아니 이겨내는 것이 아니라 다시 생활할 힘을 얻을 수 있도록 말이다.

아빠와 남편을 잃은 슬픔을 이겨내는 것이 쉬운 일은 아니므로 제3자가 훈수를 두듯 이야기하기 조심스러웠다. 그렇지만 엄마도 아빠가 떠나서 슬프고 힘들 수 있음을 아이들도 알고, 아이들의 슬픔도 엄마가 공감해주며 가족이 더 단단해질 수 있으리라 믿었다.

엄마는 여전히, 아니 더욱 더 너희들을 사랑한다고 이야기해주시라고. 그리고 아빠처럼 엄마도 떠날지 모른다는 불안감을 가질 수 있는 아이들에게 안정감을 주라고 말씀드렸다. 엄마가 아빠 몫까지 해야 한다는 부담 대신 여전히 엄마로서 아이들 곁을 지켜주면 된다고도 말했다. 나는 서준이 아빠의 공백을 조금이나마 채워 줄 수 있는 교사가 되겠다고 약속드렸다.

담임을 맡다 보면 편부모 가정을 빈번히 만날 수 있다. 아빠나 엄마가 없는 공백을 느끼지 않게 하겠다는 결심은 어쩌면 너무 무모한 다짐일지 모르겠다. 자녀와 솔직하게 이야기할 수 있는 용기를 갖는 것이 중요하다. 자녀 입장에서 아빠나 엄마가 없어서 속상한 마음을 헤아려주고 부족함을 인정해야 한다. 오히려 그 점이 자녀가 상처받지 않고 당당하게 성장할 수 있도록 해준다.

마음나눔을 통해 서로를 보듬고 사랑을 전하자. 그리고 부족한 부분이 있다면 아이를 함께 키워나가는 담임 선생님과 상의하시라고 말씀드리고 싶다. 자녀를 혼자 키우는 편부모님들 모두 용기를 가지고 힘내시길 바란다.

원장님의 편지

우주최강 멋쟁이, 우리 서준아!

잘 지내고 학교 생활도 잘하고 있니? 원장님은 색종이만 보면 우리 서준이가 종이접기하던 모습이 생각나 유튜브에서 너의 영상을 찾아보곤 하기도 했단다. 작고 가느다란 손가락으로 색종이의 모서리를 꼭꼭 눌러가며 복잡한 종이접기를 완성하는 너의 모습에 아직도 감탄이 나오는구나!

우리 서준이가 선생님을 따라다니며 심부름도 하고, 종이로 접은 동물을 선물해 주기도 했을 때 원장님은 원장을 하길 참 잘했다는 생각이 들었어. 왜냐하면 서준이가 멋지게 성장하는 모습을 보면서 뿌듯하고 보람을 느꼈기 때문이야.

5살 때 친구랑 다투고는 왜 그러냐고 묻는 선생님에게 얼버무리며 억울해 하기만 하다가 6살이 되어서는 교실에서 반장처럼 친구들의 싸움을 말리기도 하고 사이좋게 지내는 모습이 너무 의젓하고 멋지더구나.

우리 서준이는 똑똑하고 야무진 성격이라 만들기도 잘하고 체육에도 소질이 있었지.

너의 무한한 가능성이 어느 쪽에서 더 빛을 낼지 원장님은 너무 궁금해. 우리 서준이는 무지개처럼 여러 가지 매력과 재능이 있는 것 같아. 각각의 색을 멋지게 뽐내며 세상에서 귀하게 쓰이는 보물이 되리라 믿는다.

서준아.

형이랑도 사이좋게 잘 지내지? 형을 좋아하면서도 자주 다투곤 했었는데 요즘은 어떤지 궁금하구나. 형 말도 잘 듣고 엄마에게도 힘이 되는 든든한 아들로 잘 자라주렴.

서준이를 누구보다 사랑하는 아빠는 서준이 곁을 먼저 떠나셨지만 하늘의 별이 되어 밝은 빛을 내며 서준이 앞길을 비춰주고 계시다는 걸 잊지 말고, 언제나 힘내렴.

너를 사랑하고 응원하는 많은 사람을 항상 기억하고 밝은 에너지를 주는 멋진 서준이로 성장하길 원장님이 지켜볼게.

온 우주가 너를 응원하고 있어.

거기에 원장님의 마음도 보태어 이 편지를 쓴다.

서준이에게 힘이 되고픈
원장 선생님이.

6

우와!: 선생님 도와줄 사람
손들어 보세요

우리 반이었던 연수와 연우는 같은 집에 사는, 같은 부모를 가진 자매다. 이쯤 하면 보통은 나이 차이가 있는 자매라고 생각할 것이다. 그런데 이 자매는 생일이 같은, 그러니까 쌍둥이다.

나는 결혼을 하고 나서 아이를 가질 계획을 세울 때 쌍둥이는 아니었으면 좋겠다는 생각을 했다. 아이를 두 명 이상 한번에 출산하여 키우면 온전한 사랑과 집중을 쏟을 수 있을까 염려해서이다. 그리고 뱃속에서부터 경쟁하며 공간과 영양분을 나누고 빼앗겨야 한다는 사실이 왠지 불쌍하다는 생각이 들었다. 그렇게 쌍둥이 출산에 부정적인 생각을 하고 있었던 나에게 연수와 연우 쌍둥이 자매는 평생 잊지 못할 추억과 함께, 쌍둥이로 태어나 자라는 것에 대한 좋은 점을 눈으로 보며 느낄 수 있도록 해준 사랑스러운 아이들이었다.

내가 새롭게 경험하게 된 쌍둥이의 장점은, 엄마 뱃속에서부터 외롭거나 두렵지 않게 같이 있을 수 있는 존재라는 것, 평생 의지하고 함께 할 친구를 가지고 태어난다는 것이다.

만 4세 이상의 유아들은 영아에 비해 인지적으로 성숙하다. 그래서 타인에게 나의 감정을 드러내야 할 것과 드러내지 말아야 할 것을 구분하여 표현한다. 또 자신의 감정을 조절할 수 있는 능력이 있기 때문에 엄마와 떨어질 때 울지 않고 등원하는 유아들이 대부분이다.

그러나 만 3세 이하의 영아들이 원에 입소할 때 가장 두려운 것은 엄마와 떨어지는 일이다. 분리불안까지는 아니더라도 엄마를 붙잡고 울며 떨어지지 않으려고 하는 것이 대부분이다. 그래서 어린이집에서는 신입 적응 프로그램을 준비하여 아이들의 불안을 줄이고 차츰 적응할 수 있도록 한다. 짧게 인사하고 헤어지기, 다음날은 놀이하고 간식 먹기, 점심까지 먹고 하원하기, 점심 후 낮잠 자기 등으로 점차 활동 시간을 늘려간다.

연수와 연우를 처음 만난 것은 2월 달 신입 오리엔테이션이 있는 날이었다. 둘은 아파트 단지 내 놀이방을 만 1세부터 2세까지 다녔다. 만 3세가 되자 취학 전 준비를 할 수 있도록 규모가 있는 우리 원으로 입학하기로 하였다.

원의 운영계획 및 교육 안내를 받고, 아이들은 교실을 탐색하며 친숙할 수 있도록 입학 전 입소를 위한 준비를 하는 행사가 바로 오리엔테이션이다. 연수와 연우는 부모님과 떨어지지 않으려 했다. 그래서 아이들도 함께 설명회장에 앉아 있다가 설명회가 끝난 후에 부모님과 함께 우리 교실로 들어오게 되었다.

담임이 될 내가 아이들에게 밝은 목소리로 "연수야, 연우야. 만나서 반가워." 하고 미소를 보내며 인사를 건네자, 아이들은 나와 눈 맞춤을 피하면서 엄마 뒤에 숨는 모습을 보였다.

"연수야, 연우야. 우리 반에 어떤 놀잇감이 있는지 선생님이랑 둘러볼까?" 내가 다가가자 연수와 연우는 아무 말 없이 뒷걸음을 쳤다. 교실에 있는 흥미로운 교구를 제시하며 다시 말을 걸었다. "이건 인형 옷 입히기 놀이야. 누가 먼저 놀이해 볼래?" 함께 놀이할 것을 제안하자 마지못해 의자에 앉아 교구를 만져 보기 시작했다. 그런데 아이들 얼굴에 표정이 없었다. 재미있는 놀잇감에도 반응이 없었다.

"선생님은 소꿉놀이를 좋아해. 맛있는 아이스크림 가게 놀이, 선생님이랑 같이 해볼까?" 다른 놀이를 제안해도 무표정이었다.

내가 묻는 말에 아무런 대답도 하지 않았다. 그렇게 삼십 분 정도 지날 즈음 놀이를 하는 둥 마는 둥하며 귀가하였다. 3월에 입학식을 하고 연수와 연우는 우리 반에 배정이 되었다.

보통 아이들은 새로운 환경이 낯설고 두려워한다. 하지만 연수, 연우는 쌍둥이라서 서로 의지하며 손을 잡고 등원 차량에 오르는 모습이 보기 좋았다. 그런데 나는 아이들을 맡기 전부터 걱정거리가 생겼다. 입학 설명회 날 아이들을 관찰했을 때 눈 맞춤도 없었고, 이름을 부를 때 대답도 없었기에 '아이들 발달에 문제가 있는 건 아닐까?'라는 생각을 했기 때문이다.

그렇게 3월을 보냈다. 그러나 나의 짐작과 걱정은 기우가 되었다. 적응 기간을 마치면서 아이들은 빠르게 성장하며 긍정적으로 변하기 시작했다. 나의 부름에 대답을 하고 재미있으면 까르르 웃는 모습을 보였던 것이다.

이런 변화를 이끌어 낸 나의 비결은 아이들에게 재미있는 선생님이 되어 준 것이다. 나는 아이들과 함께 놀이하고 장난도 자주 하며 친구 같은 선생님이 되어 주었다.

"선생님이 우유 간식 가져오는 것 도와줄 사람?" 하고 반 아이들에게 말하면 연우가 손을 번쩍 들며 "내가 선생님 도와줄게요."라고 대답했다. 그리고는 우유 바구니를 챙겼다.

"우와! 연우가 함께 들어주니까 하나도 힘들지 않아. 고마워!"라고 인사하니 "뭘요." 대답하며 활짝 웃었다. 손 유희나 율동을 배울 때는 연수와 연우가 초롱초롱한 눈빛으로 어찌나 열심히 하는지 수업을 하면서도 힘이 났다. 두 아이가 수업에 집중하는 모습을 보며 다른 아이들도 따라서 집중력이 높아지는 분위기였고, 아이들의 웃음이 온 교실에 번져 갔다.

한편 연수와 연우는 극도로 소심한 성격을 가지고 있었다. 부끄러움이 많아서 인사를 하지 못하고 눈을 맞추지 못했다. 나는 오전 이야기 나누기 시간마다 즐거운 손유희로 인사하는 방법을 알려주었다. 그리고 두 명씩 앞에 나와서 여러 사람과 만나며 인사를 나누는 연습을 시켰다. 또 매월 인사말을 정해서 공수를 하고 큰 소리로 말하며 인사하는 활동도 했다.

교육의 효과는 놀라웠다. 연수와 연우는 원장님, 기사님, 조리사님께 인사를 하면서 선생님들로부터 인사를 잘한다고 칭찬을 받았다. 또 그 효과는 연쇄작용을 일으키며 심부름도 하고, 친구도 돕고, 놀잇감도 잘 정리하는 긍정적인 변화를 불러왔다, 더불어 자존감과 자신감이 높아졌다.

아이들이 성장하는 모습을 보일 때마다 "우와!" 하고 감탄사를 표현해 주었다.

1학기 상담 때 오신 연수, 연우 엄마는 아이들이 짧은 시간에 이렇게 밝게 바뀌고 성장할 수 있다는 것이 믿어지지 않는다며 감사의 눈물까지 보이셨다. 교사로서 몸 둘 바를 모를 정도로 감격스러운 순간이었다.

　2학기에는 아이들이 더더욱 긍정적으로 발전하며 모든 영역에서 두각을 나타냈다. 섬세한 감각으로 만들기나 색칠을 했고 체육활동에도 적극적이었다. 발표회 때는 중심에 서서 멋지게 율동을 하기도 했다. 다른 친구들에게도 좋은 영향력을 끼치는 아이들로, 두 아이 덕분에 반 분위기는 항상 좋았다.

　나는 쌍둥이를 키우시는 부모님들께 한 가지 제안을 드린다. 쌍둥이는 태어나면서부터 함께여서 너무나 좋은 면이 많지만, 자신이 사랑받는다는 느낌을 충분히 받지 못할 수도 있다. 두 명을 데리고 외출하거나 놀이하지 말고, 가끔씩은 한 명만 데리고 즐겁고 의미있는 시간을 보내보라는 것이다. 주말에도 좋고, 아니면 등원했을 때 한 명은 원에 두고, 한 명을 먼저 하원시켜서 시간을 갖는 것이다. 그때 남아있는 아이가 섭섭하지 않도록 교사와 엄마가 사전에 약속하고 병원에 가는 걸로 선의의 거짓말을 한다. 그래서 데려간 아이와 함께 영화를 보거나 쇼핑을 하는 등 시간을 가져본다. 몇 시간만이라도 아이가 하고 싶은 것을 함께해 주며 아이가 느낄 수 있도록 충분한 사랑을 표현해 주는 것이다. 그러면 그 시간이 아이의 자존감을 높여주는 기회가 되고, 자연스럽게 사랑을 나눠줄 수 있는 아이로 자라도록 도와주는 기회도 된다.

연수, 연우가 일란성 쌍둥이임에도 불구하고 나는 한 번도 이름을 바꿔 부르지 않았다. 어떻게 뒷모습을 보고도 구분이 되느냐고 다른 선생님들이 감탄할 정도였다. 그 비결은 아마도 사랑과 관심일 것이다. 그리고 노력이 있었다. 활동하는 아이들 모습을 계속 관찰하며 아이들의 표정과 행동, 걸음걸이에서 작은 차이라도 찾아서 특징들을 외웠다. 학기 초부터 빨간색과 분홍색 머리띠, 머리핀을 많이 사두고 아이들이 등원하면 머리에 꽂아주며 사진에서도 아이들을 빨리 구분할 수 있도록 했다. 그런 노력으로 아이들 사진첩, 포트폴리오, 얼굴이 들어간 달력 등을 제작하면서 한 번의 실수 없이 아이들을 구분했다.

연수와 연우는 만 3세때 내가 담임을 맡고 만 5세까지 우리 원에 재원한 후 졸업하고 올해 초등학교에 입학했다. 연수와 연우를 보면서 나는 아이들에게 첫 선생님, 특히 영유아기 선생님이 너무나 중요함을 느낀다. 그 이유는 소극적이고 자신감 없는 아이도 칭찬과 격려로 변화될 수 있도록 해주는 중

책을 맡고 있기 때문이다. 유아기가 지나도 좋은 친구, 가족, 선생님들을 통해 바뀔 수 있겠으나 어릴 때보다 더 많은 시간이 필요할지 모르겠다.

소심하고 소극적인 나에게 손을 내밀어 격려해주는 선생님을 일찍 만났더라면, 나의 성장 과정이 조금 더 수월하고 조금 더 행복했을 거라는 생각이 들곤 한다(나는 고등학교 때 교회 선생님을 만나 자신감을 얻는 데 많은 도움을 받았다).

아이의 성장에 부모가 가장 많은 영향을 주는 건 사실이다. 아마 그 다음으로 영향을 주는 사람이 어린이집 선생님이 아닐까 싶다. 아이들은 부모나 교사의 감정을 먹고 자란다고 말할 수도 있다. 그러므로 사회성이 좋고 자존감이 높은 아이로 키워내기 위해서는 아이를 돌보는 부모와 교사의 감정이 매우 중요하다. 교사가 안정감을 느끼고 아이의 가치를 잘 깨달아야 아이가 우리 곁에서 행복감을 느끼는 것이다.

나는 나를 사랑한다. 그리고 일상의 작은 것들에 감사하고 행복해한다. 나의 행복감이 아이들에게도 항상 전달된다고 믿으며 오늘을 살아간다. 나에게도 감탄사를 표현해 주어야겠다.

"우와!"

원장님의 편지

보석 같이 빛나고 투명한 눈빛을 가진 사랑스러운 연우, 연서야!

잘 지내고 있니? 앙증맞고 귀여웠던 너희들이 어느새 초등학생이 되었구나.

의젓한 모습으로 학교에 다니는 너희들의 모습이 대견하게만 느껴지는구나!

엄마 아빠 손에 이끌려 처음 어린이집에 들어설 때 너희들 눈에는 두려움이 가득했어. 그런 너희를 안아주고 불안함을 달래주던 때가 엊그제 같구나.

재롱발표회를 하던 날 너희들은 누구보다 멋진 모습으로 나를 감동시켰고, 너희 엄마 아빠를 감동시켰지. 너흰 너무 예쁘고 멋졌어. 그리고 너무 빛났어. 너희들의 자신감 넘치는 모습은 그 자리에 모인 모든 관중들의 뜨거운 찬사를 받기에 충분했단다.

졸업식 날에도 누구보다 당당하고 멋지게 송사를 하던 너희들이었어.

지금의 너희 모습처럼 에너지 넘치고 밝고 긍정적인 아이들로 성장하기까지 너를 사랑한 많은 선생님들이 있었음을 잊지 말아주렴. 그리고 원장 선생님을 비롯하여 너희와 어린이집에서 함께했던 선생님들은 언제나 너희를 사랑하며 응원한다는 것도 잊지 않을 거지?

눈웃음이 예쁜 우리 연우야! 너는 10분 먼저 태어나서 언니가 되었지만 언니라는 호칭이 너무나 잘 어울리는 배려 있고 착한 아이였어. 연서가 항상 불안해하며 활동을 잘하지 못할 때 옆에서 챙겨주는 모습에 원장 선생님은 많은 감동을 받았어. 그리고 부러웠단다. 항상 옆에서 지지해주는 친구 같은 네가 있는 연서가 말야. 연우가 힘들 때도 연서가 힘이 되어줄 거야.

화가가 꿈이라던 우리 연서야! 아직도 그림그리기 좋아하니? 너의 그림에는 따스함이 있었어. 도화지 가득 가족을 그리고 모든 가족이 손을 잡고 웃는 모습은 보는 사람도 행복하게 해주었단다.

공주 그림을 그려서 "원장님이에요!"라고 말하며 선물로 줄 때 실제 내 모습보다 더 예쁘게 그려줘서 너무 행복하고 고마웠어.

너희 앞에 펼쳐질 미래가 궁금하고 기대되는구나!

항상 행복한 일만 생기지는 않겠지만 너희의 긍정 에너지로 작은 산들을 잘 넘으며 항상 행복하고 멋진 모습으로 성장하기를 기도할게.

너희에게서는 항상 향기가 났단다. 너희의 아름다운 향기로 이 세상을 더욱 아름답게 물들이고 빛내기 바란다. 연우야 연서야 사랑해!

원장님이

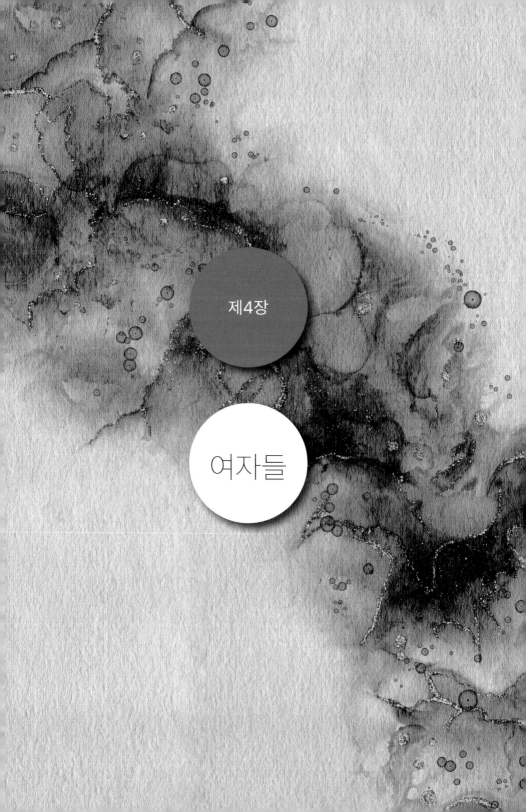

제4장

여자들

가득하다 :
한참을 말하다가 울음을 터뜨렸다

딸은 2023년 겨울에 결혼을 하고 석 달 후 임신을 했다. 딸의 나이는 서른다섯 살이다. 임신 적기로 봤을 때 적지 않은 나이라고 할 수 있다.

지금은 겨울 문턱에 와 있는 11월이다. 오늘은 출산 예정일을 일주일 앞두고 정기 검진을 받기 위해 산부인과를 방문했다. 딸의 상태를 진찰한 산부인과 선생님은 적잖이 당황했다. 그 이유는 정기 검진을 받으러 산부인과를 방문했는데 자궁문이 2.5cm 열려있는 상태였던 것이다.

"아기가 오늘 나올 것 같은데 배가 아프지 않았나요?" 라고 의사가 묻자, 딸이 대답했다. "평소에도 가끔씩 허리가 아팠는데 그것 말고 다른 증상은 없었습니다." 그러자 의사 선생님은 급히 답했다.

"아기가 몇 시간 후에 나올 것 같으니까 빨리 입원해서 대기하세요."

예상치 못한 의사 선생님 말씀에 딸도 크게 당황했다. 딸은 급히 남편(사위)에게 전화했다.

"오빠! 아기가 몇 시간 뒤에 나온대. 지금 바로 입원 수속 밟아야 해. 오빠가 퇴근해서 내 속옷이랑 수건 챙겨서 병원으로 와 줘."라고 말했다. 딸은 출산 준비를 위해 산부인과에 입원했다. 의사 선생님은 딸에게 말씀하셨다.

"많이 아프거나 힘들지 않으면 복도를 걸어 다니면서 가벼운 걷기운동을 해보세요."

의사 선생님 말씀대로 딸은 복도를 걸으며 아이가 쉽게 나올 수 있도록 걷기운동을 했다.

딸은 오후 두 시에 입원해서 오후 여섯 시에 심한 진통을 느끼기 시작했다. 너무나 힘든 진통의 시간이 40분간 계속되다가 오후 여섯 시 사십 분에 아기를 출산했다. 아기를 출산 후 얼마 지나지 않아서 딸은 내게 전화를 했다.

"엄마, 나 아기 낳았어. 진통이 심하던 사십 분 동안 죽을 만큼 아프고 힘들었어. 아기를 낳고 제일 먼저 엄마 생각이 났어. 엄마도 이런 고통의 시간을 통해 나를 낳았겠구나. 엄마도 나를 이렇게 힘들게 낳아서 길러 주셨구나. 그래서 엄마에 대한 고마움이 너무나 크게 내 마음에 찾아 왔어. 엄마! 힘들게 나를 낳아주고 길러줘서 고마워."

딸은 혼자 한참을 말하다가 울음을 터뜨렸다. 나는 말했다.

"그래 딸아, 많이 힘들었지? 수고했다."

출산의 고통을 통해 엄마를 이해하고, 하루아침에 철이 들어버린 딸의 목소리를 들으며 나도 엉엉 함께 울어버렸다.

한 생명이 탄생하는 것은 세상 무엇과도 바꿀 수 없는 값지고 귀한 일이다. 거기에는 한 사람, 엄마의 헌신적인 사랑과 희생이 뒤따른다.

'지금까지 살아오면서 힘든 일 없이 엄마 아빠를 의지하며 순탄한 삶을 살아온 네가 '출산'이라는 힘든 숙제를 완수했구나!' 딸이 장하다는 생각이 들었다. 딸은 출산의 힘든 과정을 겪으며 어제와 다른 어른의 모습으로 성장했다.

평소에 딸에게 엄마로서 사랑의 마음을 표현하지 못했고, 딸도 역시 엄마에게 고마운 마음을 표현하지 않았다. 그래서 처음 들어보는 딸의 말에 큰 위로를 받았고, 하루아침에 부쩍 커 버린 딸의 모습이 더 귀하게 느껴졌다. 우리는 서로에게 감사와 위로의 마음을 전하며 모처럼 모녀간에 깊은 정을 나누는 시간을 가졌다.

이제 나는 할머니가 되었다. 할머니라고 불러 줄 손녀딸이 생겼다는 것이 조금 생소하게 느껴지긴 했지만 할머니라는 이름이 생각보다 싫지는 않았다. 그건 아마도 할머니라는 호칭보다 손녀를 얻은 기쁨이 더 컸기 때문일 것이라는 생각이 든다.

아침마다 말씀 읽고 기도하는 시간이 되면 딸이 순산하기를 기도했다. 그래서 기도한 대로 딸은 진통시간도 오래 걸리지 않았고, 비교적 안정된 상태에서 아기를 출산했다. 하나님 은혜로 산모와 아기가 건강한 모습으로 출산의 힘든 과정을 순탄하게 통과할 수 있었던 것이다. 하나님께 감사한다.

아기가 태어나는 것은 가족에게 커다란 행복이고 기쁨이다. 할머니가 된 나도 세상에 온 손녀딸을 맞이할 생각에 기대와 설렘이 가득하다.

손녀딸아!

너의 탄생을 축복하고, 축하한다!

2

파이팅: 미안하고 고마워

딸이 손녀를 출산했다. 이제 나는 할머니가 되었다.

딸의 출산 소식을 듣고 나니 평소에는 별로 생각지 않던 내 딸의 출산 과정이 선명하게 떠올랐다. 그때 내 나이는 서른 살이었다. 계절은 지금 이맘때와 같은 11월이었다. 요즈음 산모들처럼 2주에 한 번씩 정기검진을 받지 않고, 한 달에 한 번씩 검진을 받았다. 임신 8개월째부터는 임신 중독이 심해서 다리가 통통 부어 고생했던 기억이 난다.

출산 예정일이 가까워지고 있던 어느 날, 밤 10시쯤 배가 아프기 시작했다. 아팠다 멈췄다를 반복하면서 통증이 계속되었다. 아기가 나올 조짐 같았다. 남편 승용차를 타고 중화동에 위치한 위생병원으로 향했다. 차를 타고 가는데 미지근한 물이 흘러내리는 것을 느꼈다. 양수가 터진 것이다. 병원에 도착한 나는 이동용 간이침대에 누워 의사의 지시에 따라 대기하고 있었다. 대기하는 도중에도 배는 계속 아팠다 멈췄다를 반복하며 나를 힘들게 했다. 조금 있으니 허리에도 통증이 몰려왔다.

통증이 계속되는 가운데 아기가 나오기를 기다리는 시간은 너무나 길게 느껴졌다. 양수가 터져버린 상태라 의사 선생님께서 그에 따른 조치를 취해 주셨다. 온몸에 식은땀이 흐르며 통증과 사투를 벌이는 시간은 밤새 계속되었다. 나는 통증 때문에 뜬눈으로 밤을 보내야 했다.

드디어 아침 8시, 딸을 출산했다. 여러 명의 산모가 함께 있는 병실 침대에 누워있었다. 허리가 끊어질 듯한 통증 때문에 앉을 수도 일어설 수도 없었다. 그런데 나와는 달리, 옆 침대에 누워있는 산모들은 나처럼 많이 힘들어 보이지 않았다. 일어서서 화장실에도 다녀오고 옆 사람과 대화도 나누었다. 나는 산모들을 바라보며 한없이 부러웠다.

이튿날이 되자, 남편의 부축을 받으며 겨우 한 걸음씩 떼어서 걸을 수 있을 만큼의 기운이 다리에 생겼다.

딸을 출산한 지 3일 만에 남편과 함께 집으로 왔다. 집에는 시어머님이 와 계셨다. 당시에는 산후조리원이라는 이름을 들어본 적도 없었기 때문에 당연히 집으로 와야 했다. 집에 도착했지만 여전히 아픈 허리와 수술한 자리의 통증 때문에 괴롭고 힘들었다. 내 몸이 아프니 아기를 보며 기뻐할 마음의 여유도 없었다. 아기를 돌보는 일은 시어머님이 대신해 주셨다. 첫 출산을 한 나는 아기를 돌보는 방법에 대한 지식이 없었다. 그래서 여섯 명의 아이를 출산한 경험 있는 어머님이 알아서 해 주시리라 믿고 있었다.

아기가 배가 고파서 울기 시작했다. 어머님은 급한 마음에 냉장고에 있는 생우유를 데운 후에 아기 젖병을 이용해서 아기에게 우유를 먹였다. 그때까지 나는 모유가 나오지 않는 상태였다. 어른들이 마시는 생우유를 먹고 난 후에 아기는 울며 보채기 시작했다. 이마를 만져보니 이마가 뜨거웠다. 열은 40도까지 올랐다. 나는 병원에서 퇴원하자마자 세 시간도 채 지나기 전에 아기와 함께 급하게 다시 병원으로 가야 했다. 병원에 도착한 나는 아기와 같은 병실에 입원했다.

조금 후 간호사가 아기에게 링거 주사를 꽂기 위해 수액과 주사용품을 준비해서 병실에 들어왔다. 간호사는 아기를 쳐다

보며 고민했다. 태어난 지 3일 되는 신생아에게 주사를 꽂아야 하는데 어디에 주사바늘을 꽂아야 할지 막막했던 것이다. 링거 주사바늘은 보통 주사바늘과 달라서 바늘이 살에 들어가는 부분이 길다. 그리고 한번 꽂으면 수액이 다 들어갈 때까지 몇 시간 동안 주사바늘을 뽑지 못한다.

아기가 팔과 손을 계속 움직이기 때문에 간호사는 아기에게 링거 주사바늘을 꽂을 위치로 이마를 선택했다. 간호사가 나에게 말했다.

"이마 위 부분의 머리카락을 면도기로 밀고 주사를 꽂아야 겠어요."

"나중에 머리카락이 자랄 거니까 밀어도 괜찮습니다."

'간호사가 나보다 더 잘 알 테니 간호사를 믿어야겠지?'라는 생각을 하며 간호사의 말을 따랐다. 간호사는 아기의 머리카락을 밀었다. 그러더니 그 자리에 주사바늘을 꽂았다. 주사바늘을 꽂을 때, 아기는 병실이 떠나갈 듯 울음을 터뜨렸다. 어른들도 핏줄을 따라 깊게 들어가는 링거 주사 맞는 것을 두려워한다. 그런데 이제 갓 태어난 아기에게 링거 주사바늘을 꽂는데 아기의 아픔은 오죽했겠는가?

3일 전에 아기는 엄마 뱃속에서 세상 밖으로 나오기 위해 힘든 과정을 거쳤다. 그런데 또다시 주사바늘이 이마에 꽂히는 아픔을 겪어야 했다. 그 고통이 나에게도 전달되는 것 같았다. 하지만 내 힘으로 아기의 고통을 덜어 줄 방법은 없었다. 나는 그저 간호사가 하는 대로 손을 놓고 지켜보며 아기가 빨리 건강을 회복하기만을 기다렸다. 생우유를 먹은 후로 황달 증상도 심해졌다. 아기는 병원에서 3일 동안 치료를 받은 후 증상이 호전되어 나와 함께 퇴원을 했다.

그 후 몇 년이라는 세월이 흘러도 간호사가 밀었던 머리카락은 자라나지 않았다. 나는 딸의 이마를 볼 때마다 너무 속상했고, 딸에게 미안한 마음이 들었다. 지금도 여전히 딸의 이마를 보면 한없이 미안한 생각이 든다.

'출산 후에 알아두어야 할 상식들을 알고 있었더라면 신생아에게 생우유를 먹이는 일을 만류했을 텐데….', '아기 돌보는 일을 온전히 어머님께 맡기지 말았어야 했는데….' 여러 가지 생각이 드니 나 스스로를 원망하게 되었다. 그래도 아기가 더 큰 위험에 빠지지 않고 건강하게 회복한 것만으로도 감사하며 또 나를 위로하곤 했다.

딸은 이마가 많이 넓어도 얼굴이 예뻐서 사람들의 시선이 이마에 머물지는 않는다. 그것 또한 감사할 일이다.

그런 에피소드 아니, 슬픈 사연이 있는 딸아이가 결혼을 해서 행복한 가정을 꾸리고 아이를 출산한 것이다. 출산 후 부쩍 성숙한 느낌을 주는 딸을 보면서 나는 딸에게 하고 싶은 말이 있다.

딸아! 너무 대견하다.
아직 어리다고만 생각했던 네가 이제 엄마가 되었구나!
너는 어학원 실장으로 8년간 한 곳에서 직장생활을 하며 어학원 원장님에게 무한 인정을 받았어. 원장님은 앞으로도 계속 너와 함께 일하기를 원하고 계시지. 출산 휴가가 끝나면 복귀하기를 간절히 바라고 계시잖니? 밖에서 인정받는 너의 모습을 볼 때마다 엄마는 생각한다.

집에서 보는 딸의 모습은 극히 일부분에 지나지 않는다고 말이야. 너의 일터에서 상사에게 일 잘한다고 인정받고, 교회에서도 훌륭한 반주 실력으로 하나님께 영광 돌리는 너의 모습이 한없이 자랑스럽고 대견스럽구나!

너와 기질이 다른 엄마의 관점에서 너를 바라보며 엄마 생각에 맞춰주기를 기대했던 엄마를 용서해다오! 지난날들을 돌이켜 보면 너에게 미안한 것이 참 많구나. 너는 야무지고 똑똑해서 엄마로서의 역할을 나보다 훨씬 더 훌륭하게 감당해 낼 수 있을 거라 믿는다.

우리 함께 파이팅을 외쳐보자.

예쁜 딸, 파이팅!

너의 삶 가운데 항상 하나님의 축복과 넘치는 은혜가 함께
하기를 소원하고 기도한다.

- 너를 많이 많이 사랑하는 엄마가 -

3

채움: 하나의 세상을 만드는 말

엄마가 된 나의 딸에게.

출산으로 겪은 진통은 '너'라는 보물을 얻기엔 너무나 가벼운 대가였어. 너를 만나며 나에게 주어진 새로운 이름, 엄마.

나는 더 성숙한 사람이 된 것 같았어. 네가 옹알이를 하다 처음 "엄마!" 하고 불러준 순간이 내게는 큰 감동이었단다. 나의 딸로 와 준 너는 선물 같은 존재였지. 그토록 소중하고 귀한 나의 딸이 유치원을 졸업하고 사춘기를 지나서 스무 살, 서른 살로 성장하는 과정 속에서 엄마로서의 삶을 채워왔구나.

너와 함께한 지난날들을 돌이켜본다. 엄마의 역할이 한없이 서툴러 너의 마음을 아프게 한 적도 많았어. 더 많이 사랑해주고 더 많이 안아주고 더 많이 칭찬해주지 못한 엄마여서 후회가 된단다. 네가 자랑스럽고 기특한 일을 했을 때도 칭찬에 인색했고, 엄마의 인정을 받고 싶어 할 때도 그 마음을 알아주지 못했지. 그런 나의 모습들을 떠올리니 미안한 마음뿐이구나.

한없이 어리다고만 생각했던 나의 딸이 이제는 한 아이의 엄마가 되었네.

너를 닮은 커다랗고 똘망똘망한 눈망울을 가진 예쁜 딸을 안고 있는 모습을 보며 대견한 마음이 들면서도 앞으로 네가 감당해야 할 엄마로서의 무게를 생각하게 되었어. 엄마도 그랬듯이 너도 엄마가 처음이라서 아이를 어떻게 키워야 할지 긴장과 두려움이 생길 때도 있을 거야.

하지만 현명하고 지혜롭게 엄마의 역할을 감당해 내리라 믿는다. 엄마가 된 너이지만 나에게 너는 한결같이 소중하고 귀한 딸이란다. 네가 엄마로 살아가면서 힘든 일이 있을 때 든든한 버팀목이 되어주고 싶어.

사랑하는 딸아! 나는 너에게 좋은 엄마가 되어주지 못했지만 너는 딸에게 좋은 엄마로 기억되기 바란다. 엄마로 살아 온 내가 너에게 해 주고 싶은 말이 있는데 들어주겠니?

한 아이를 양육한다는 것은 하나의 세상을 만드는 것과도 같다는 말이 있어. 위대한 엄마의 역할은 '말'로 시작된다고 할 수 있지. 엄마로서 아이의 마음을 읽는 지혜로운 말을 익힌다면 그것은 아이에게 아름다운 세상을 열어주는 좋은 밑거름이 되리라 생각한다.

부모라면 누구나 내 아이를 자존감이 높은 아이, 행복한 아이로 키우고 싶어할 거야. 장차 훌륭한 사람이 되기를 바라는 마음 또한 같을 거라고 생각해. 나도 너를 그렇게 키우고 싶은 마음이 간절했지만 지금 와서 생각해보면 많은 것이 부족한 엄마였어. 너는 딸에게 존중받는 좋은 엄마가 되기를 바라는 마음이 크단다.

아이가 한 살 두 살 나이를 먹으며 세월이 흐르는 물처럼 흘러가 버리기에, 좋은 엄마가 되겠다는 마음을 지니고 소중한 시간을 무심코 흘려 보내지 말았으면 한다. 현명한 부모는 지나친 간섭과 참견을 버리고 사랑과 믿음으로 아이를 다정하게 지켜보는 것이라고 어느 책에서 읽었던 기억이 나는구나.

아이를 사랑하는 데 조건은 필요하지 않아. 아이를 있는 그대로 사랑해주고 존중해주는 자세가 필요하지. 또한 아이의 행동에는 모두 이유가 있기에 엄마의 감정보다 아이의 감정을 먼저 살펴보는 자세가 필요해. 어떤 문제에 직면했을 때 어떻게 하면 좋을지 아이의 생각을 물어보고 아이의 감정에 공감해주는 '말'을 해주는 것이 엄마로서의 역할이라고 할 수 있어.

인생에서 가장 슬픈 후회는 '할 수 있었는데', '해야 했는데' 라는 생각들이라고 해. 시간이 흐르고 아이가 자란 후에 이런 후회를 하지 않도록 지금 이 시간을 놓치지 말았으면 한다. 그 이유는 좋은 부모가 될 수 있는 시간은 그리 길지 않고 시간은 나를 기다려주지 않기 때문이지.

자녀를 양육하면서 중요한 것은 지식을 많이 넣어주려고 하는 것보다 자존감을 높여주는 것이라고 생각해. 아이에게 칭찬을 해 줄 때도 결과를 칭찬해주기보다 과정 속에서 잘한 일을 구체적으로 칭찬해 주어야 하지. 예를 들면 성적이 많이 오른 아이를 칭찬할 때, "성적이 많이 올랐구나. 참 잘했다."라는 식으로 결과에 대해 칭찬해주기보다 "성적이 많이 올랐구나! 네가 이번에 정말 노력을 많이 했나 보다. 애썼다."라고 아이가 잘한 점을 구체적으로 칭찬해 주어야 해. 그러면 아이는 자신이 잘한 점, 강점을 스스로 찾게 되고 자존감도 높아지게 된단다. 긍정적 자아를 형성하는 데 도움도 줄 수 있어.

자신이 하는 일이 실패하거나 부정적 평가 앞에 섰을 때 자신감은 안개처럼 사라져 버릴 수 있어. 그러나 자존감을 갖춘 사람은 실패 속에서도 그 경험을 수긍하고 다시 도전하는 용기를 갖게 되는 힘이 있지. 실패를 통해 마음 근육이 자라나는 기회가 되기 때문에 실패 속에서도 좌절하지 않고 다시 일어설 수 용기를 심어주는 일은 무엇보다 중요하단다.

사랑과 칭찬으로 아이의 자존감을 높여주는 엄마가 되었으면 해. "엄마 딸로 와줘서 고마워. 웃는 모습이 너무나 사랑스럽구나. 엄마를 안아줘서 고마워." 이렇게 사랑이 담긴 언어를 많이 사용해야 한다는 거지. 처음에는 이런 말이 어색하고 쑥스러울 수 있지만 몇 번 반복해서 하다 보면 금방 익숙해지고 일상의 언어처럼 자연스러워진단다.

'칭찬은 고래도 춤추게 한다.'라는 말이 있지. 칭찬으로 엄마의 사랑을 확인시켜 주는 건 어떨까? 야단맞을 때의 두뇌는 부정적이고 감정이 격해지지만 칭찬받았을 때 두뇌는 긍정적으로 사고하게 되고, 칭찬받았을 때 아이는 그 상황을 잘 이해하고 더욱 노력한다는 사실을 기억해주면 좋겠어.

아이가 잘못된 행동을 했을 때도 잘못된 행동만을 보고 지적하기보다 그 일 속에서 긍정적인 부분을 찾아서 아이를 믿어주면 부모의 신뢰를 바탕으로 아이가 변화할 수 있어. 예를 들면 "엄마를 실망시킬까 봐 거짓말을 했구나.", "잘하고 싶었구나.", "도와주려고 하다가 실수한 거구나."라고 말한 뒤에 좋은 의도라고 해도 올바른 방법으로 실행해야 함을 가르쳐 주면 돼.

또 어떤 일을 도전해 보려고 하는데 못하게 될까 봐 주저하는 아이에게는 "잘하고 싶은데 못할까 봐 걱정되는구나. 처음부터 잘하는 사람은 없어. 엄마도 처음에는 그랬어. 잘못해도 괜찮아. 그러니까 한번 해보는 거야.", "엄마랑 해보고 싶은 거 있어? 같이 해볼까? 어떤 방법이 좋을까?"라고 대화하면서 좋은 의도가 있는 것은 어떤 일이든 용기를 갖고 도전해 볼 수 있도록 믿음과 힘을 키워주는 엄마의 모습을 기대한다. 백지장처럼 새하얀 아이의 마음에 아름다운 그림을 그려주는 멋진 엄마가 되렴.

자녀가 자존감이 높은 행복한 아이로 성장할 수 있도록 부부가 서로를 돕는 일은 무엇보다 중요하다고 생각해.

아이는 부모가 하는 행동과 언어를 보면서 자연스럽게 인격이 형성되기에 너희 부부에게 부탁하고 싶은 말이 있어. 자녀 앞에서는 다투거나 큰소리치지 말고 항상 서로를 존중해 주는 모습을 보여주어야 해. 상대방이 하는 행동이 마음에 들지 않는다고 쉽게 충고하고 비난하는 말을 한다면 자녀에게 그 모습이 그대로 각인되기 때문이야. 부부가 서로 존중하는 모습을 보여줄 때 자녀도 엄마 아빠를 존중하는 마음을 갖게 되지.

서로를 부르는 호칭도 "오빠.", "〇〇야."라는 호칭이 아니라 '여보', '당신' 등 부부로서 서로를 존중하는 호칭으로 바꿨으면 좋겠다는 생각을 하게 되는구나.

엄마 아빠는 너의 행복, 아니 너희 가족 모두의 행복을 간절히 바라는 마음이 누구보다 크다는 것을 잊지 말기 바란다.

지난 날의 후회와 너를 향한 애정이 섞여 말이 많아졌구나.

엄마로서의 삶을 살아갈 너의 앞날을 축복하고 응원하는 진심이 잘 전해졌기를.

사랑한다 딸아!

리아: 똑똑하고 아름답게 성장하다

사랑하는 나의 손녀야!

너에게도 새로운 이름이 생겼구나. 너의 이름은 '리아.' 똑똑하고 아름답게 성장하라는 바람을 담아 너의 엄마 아빠가 선물해 준 이름이란다. 이름처럼 똑똑하고 아름다운 사람으로 성장하렴.

너에 대한 에피소드를 하나 들려주고 싶구나.

리아 너는 분유와 모유를 번갈아 가며 먹는데, 네 엄마는 80일이 되면서 분유 먹이는 것을 끊어야겠다는 결심을 하게 되었어. 어린 너는 힘들게 빨아야 먹을 수 있는 모유보다는 젖병으로 쉽게 먹을 수 있는 분유를 좋아했어. 그 결과 6개월 동안 모유를 먹이려 했던 네 엄마의 계획이 틀어졌단다.

탄생 81일이 되던 날부터 분유를 끊고 모유를 먹기 시작했지. 하지만 너는 모유 먹는 것에 쉽게 적응하지 못했어. 분유를 먹고 싶어하며 모유를 먹지 않으려고 거부하는 모습을 보였지. 분유와 모유를 같이 먹을 때는 잠도 잘 자고 방긋방긋 잘 웃던 네가 분유를 먹지 못해서 우는 모습이 너무 가여웠어. 안쓰러운 마음에 네 엄마는 '모유 먹이기를 포기할까?'라는 생각을 몇 번이나 했어. 그러면서도 조금만 더 시도해보자는 마음으로 포기를 미뤘어. 하지만 긴 시간 동안 울음을 그치지 않는 너의 모습을 오랫동안 지켜보다가 결국 젖병에 분유를 타서 먹였단다.

그런데 이게 웬일일까? 분유도 먹지 않겠다고 너는 계속 울었어. 그때 네가 울음을 그치지 않았던 진짜 이유를 알게 되었어. 그건 바로 졸려서 재워달라는 울음이었다는 것을 말이야. 졸려서 칭얼댈 때마다 배고파서 우는 걸로 착각하고 모유를 먹이려 하니까 짜증이 나서 더 울었던 거지.

모유 먹이기를 시작한 지 2주가 지나면서 배고플 때와 잠투정 할 때를 구분할 수 있게 되었어. 이제는 잠투정할 때는 안 아서 자장가를 불러주고, 배고파할 때는 모유를 준단다. 그렇게 너는 젖병을 떼고 모유 먹기에 적응을 하게 되었어. 행동으로 표현하는 너의 요구를 알아차리지 못해 힘든 시간을 보내야 했던 너에게 엄마는 많이 미안해했어.

찬바람이 세차게 불던 초겨울, 선물처럼 우리에게 와서 행복을 선물해 준 리아야! 너는 마법을 부리는 천사와도 같구나. 보고 또 봐도 더 보고 싶어서 눈앞에 아른거리니 말이야. 리아가 좀 더 자라면 너와 함께 신나는 놀이를 하며 즐거운 시간을 보내고 싶어. 책도 많이 읽어 줄거야. 책 속에는 온갖 보물들이 숨어 있단다. 지혜도 배울 수 있고 친구와 사이좋게 노는 방법도 배울 수 있지.

너의 탄생으로 행복을 선물받은 만큼 너에게도 세상에 태어난 보람을 느낄 수 있는 소중한 것을 많이 주고 싶구나. 자신감, 자존감도 쑥쑥 자라도록 격려하고 응원하는 말도 많이 해 주고 싶어. 너와 함께할 앞으로의 일들을 생각하면 벌써부터 행복함에 마음이 벅차오른단다.

세상을 살다 보면 때로는 힘든 일 아픈 일도 있겠지. 그럴 땐 혼자 고민하지 말고 너를 아껴주고 사랑해주는 사람들에게 도움을 요청하렴. 그러면 힘든 일도 쉽게 헤쳐나갈 수 있는 지혜가 생길 거야. 기쁜 일 슬픈 일이 있을 때도 사랑하는 사람들과 함께 나누면 기쁨은 배가 되고 슬픔은 반으로 줄어들 거야.

작은 일에도 감사하며 어디서든 당당하고 씩씩한 모습으로 성장하기 바란다.

너의 행복하고 멋진 앞날을 기대하며 축복하고 응원해.

우리 함께 파이팅을 외쳐보자.

파이팅!

너를 아끼고 사랑하는 할미가.

5

응원: 내게 온 천사

　손자, 손녀를 먼저 본 사람들은 흔히들 "손자 손녀가 내 자식보다 더 예쁘다."고 이야기해. 그 말을 들을 때마다 나는 속으로 '설마 그렇겠어?' 하고 의문을 가졌었지. 그런데 너를 만난 후부터는 그 말에 완전 공감하게 되었단다. 너를 처음 보았을 때, 작디작은 얼굴에 눈, 코, 입이 얼마나 귀엽고 예쁘던지 너를 바라보며 눈을 뗄 수가 없었어. 태어난 지 한 달밖에 안된 아기가 귀엽고 앙증맞은 모습으로 웃을 때 나의 마음은 세상 누구보다 행복했단다. 너무나 사랑스럽고 어여쁜 너를 보며 네 엄마와 처음 만났을 때와는 또 다른 감동과 기쁨이 나를 감쌌어.

사람들에게 너의 사진을 보여주며 "예쁜 내 손녀딸 좀 보세요."라고 말하며 거듭 거듭 자랑을 했지. 어린이집 교사 단톡방에 너의 사진을 올려놓으니 아침 출근 시간부터 "축하한다! 예쁜 손녀 딸 보셔서 좋겠다."라며 축하해 주는 바람에 어린이집 안이 떠들썩했어. 다음 날에도 또 다음날에도 사진을 올렸어. 며칠 동안 반복해도 자꾸만 자랑하고 싶은 마음을 멈출 수가 없었단다.

네가 태어난 날부터 나는 '할머니'라는 새로운 이름도 갖게 되었지. 할머니라는 호칭이 아직은 낯설지만, 네가 '할머니!'라고 부르며 다가올 때면 편안하게 적응이 될 것 같구나. 나와 네 엄마가 탯줄로 연결되고, 또 너와 네 엄마가 탯줄로 연결되었지. 그래서일까 너와도 보이지 않는 끈으로 연결된 듯 강한 애정이 느껴지는구나.

우리에게 온 천사! 우리에게 온 보물같은 아가야! 이 세상에 온 걸 환영해. 우리에게 와 준 너에게 감사해. 너와 함께할 앞날이 기대되는구나.

너에게 많은 것을 보여주며 행복을 선물해 주고 싶어. 네가 나에게 행복을 선물해 주었듯이 말야. 네 엄마랑 어릴 적에 함께 갔던 놀이공원을 너와 함께 가고 싶고, 네가 가고 싶은 곳이라면 어디든 함께 가서 즐거운 추억을 쌓고 싶구나.

이제 곧 기어다니고, 잡고, 일어서고, 걸음마도 하겠지. 옹알옹알 까르르 하다가 "엄마, 아빠!" 하며 말도 시작하겠지. 너의 성장을 미리 상상해 보며 혼자 웃기도 하고 미리 행복해지기도 하는구나. 너의 존재만으로도 벌써 나에게는 삶의 기쁨과 희망이 생겨나는 것을 느껴.

세상에서 많은 것들을 배우고 경험하렴. 그것들이 자양분이 되어 네가 인생을 살아가며 멋진 리더로 성장할 수 있도록 좋은 토양과 거름이 되어 줄 거야. 때로는 넘어져도 슬퍼하지 말아라. 넘어지면 훌훌 털고 일어서서 걸음을 다시 내딛거라. '실패는 성공의 어머니'라는 말처럼 실패는 마음 근육을 단단하게 키워주기에 너를 더 강한 사람으로 성장시켜 줄 거란다.

엄마, 아빠, 할머니, 할아버지는 너에게 무한한 사랑과 지지를 보내줄거야.

좋은 친구도 많이 사귀렴. 좋은 친구는 마음을 나눌 수도 있고 성장에 원동력이 되어 준단다. 친구와 마음을 나누고 누군가를 배려하는 것을 배우렴! 사람은 사람들과 함께 더불어 살

아야 하고 나와 마음을 나누는 친구는 인생에 소중한 동반자
가 되어주기 때문이란다.

2024년에 태어나 이제 막 세상을 살아가기 시작한 소중한
우리 아가. 네가 태어난 올해는 정말 특별할 해로 기억될 거야.
그리고 넌 아주 특별하고 소중한 존재란다. 이 세상에서 별처
럼 빛나는 존재로, 누구에게나 사랑받는 존재로, 너를 사랑하
는 가족들 품에서 행복하고 건강하게 무럭무럭 자라렴.
　너의 성장을 지켜보며 항상 함께하고 응원할게.

열정의 삶을 살아가는 당신에게

당신을 처음 만나던 순간, 청순하고 어여쁜 당신에게 마음을 빼앗겨 버렸던 그 날이 지금도 생생한데 어느덧 세월은 흐르고 흘러서 황혼의 시간을 맞이했네요.

지금까지 살아오면서 당신과 함께했던 시간들을 돌이켜보면 여유롭지 못한 생활에서도 꿋꿋하고 지혜롭게 살아왔고, 당신 마음을 이해하지 못하고 고집부리며 마음을 아프게 했던 시간들이 못내 미안하기만 합니다. 경제적으로 여유롭지 못한 가운데서도 딸과 아들을 잘 양육하여 반듯하고 인성이 바른 아이들로 성장시켰고, 지금은 사회의 일원으로 열심히 살아가고 있는 것을 보면서 뿌듯함을 느낍니다.

사람이 어디에서 와서 어디로 가는지 알지 못하고 살아온 나를 하나님께 인도하여 준 당신께 감사를 드립니다. 하나님께서 허락하신 시간을 한순간도 허비하지 않고 열정적으로 새로운 일에 도전하여 끝까지 이루어내는 당신을 보고 있노라면 대견함과 함께 몸이 상하지는 않을까 걱정이 되기도 합니다.

당신이 설계한 미래의 세계가 계획한 대로 이루어지길 옆에서 응원합니다. 이 세상에 살면서 앞으로 우리에게 주어진 시간을 당신께 힘이 되어주며 살아가겠다고 약속해 봅니다.

진솔함으로 써 내려간 당신의 개인 저서 출간을 진심으로 축하합니다.

2025년 3월 8일

남편 진호술

엄마의 열정을 응원하며

엄마, 첫 번째 개인 저서 출간을 진심으로 축하해요.

항상 바쁘게 사시면서도 꿈을 이루기 위한 열정이 누구보다 넘치시는 엄마! 엄마의 그 열정이 또 하나의 멋진 꿈을 완성했군요.

존경하고 사랑합니다.

엄마의 글이 많은 독자들에게 용기와 희망이 되길 바라며, 멋진 시작이 더 큰 꿈으로 이어지길 응원할게요.

아들 진훈태 드림

영원한 나의 롤모델, 엄마

바쁘게 일하시면서도 자신의 꿈을 위해 앞으로 정진하며 사랑으로 가족들을 품어주시는 엄마!

나의 롤모델인 엄마의 개인 저서 출간을 진심으로 축하드립니다.

따뜻한 사랑과 지혜를 담은 이 책이 읽는 이들로 하여금 큰 감동과 위로, 희망을 선물하는 멋진 책이 되기를 바랍니다.

딸 진소희 드림

어머님이자 작가님께

따뜻하고 사랑이 많으신 나의 어머님이자, 멋진 김애자 작가님의 개인 저서 출간을 축하드립니다.

바쁘신 가운데서도 새로운 일에 대한 설렘으로 자신의 꿈을 위해 도전하고, 삶을 당당하고 멋있게 개척해 나가시는 모습이 정말 존경스럽습니다.

이 책이 독자들에게 큰 감동과 용기를 주기 바라며, 공저 출간에 이어 첫 번째 개인 저서 출간을 진심으로 축하드립니다.

사위 김동현 드림